De pai
para filho

EDMAR S. ABREU LIMA

De pai para filho

CARTAS PARA A VIDA

© Edmar S. Abreu Lima, 2024
Todos os direitos desta edição reservados à Editora Labrador.

Coordenação editorial Pamela J. Oliveira
Assistência editorial Leticia Oliveira, Vanessa Nagayoshi
Direção de arte Amanda Chagas
Diagramação Fernando Campos, Emily Macedo
Projeto gráfico e capa Marina Fodra
Preparação de texto Lívia Lisboa
Revisão Laila Guilherme

Dados Internacionais de Catalogação na Publicação (CIP)
Jéssica de Oliveira Molinari - CRB-8/9852

Lima, Edmar S. Abreu

De pai para filho : cartas para a vida / Edmar S. Abreu Lima.
São Paulo : Labrador, 2024.
144 p.

ISBN 978-65-5625-684-9

1. Literatura brasileira 2. Cartas I. Título

24-3885   CDD B869

Índice para catálogo sistemático:
1. Literatura brasileira

Labrador

Diretor-geral Daniel Pinsky
Rua Dr. José Elias, 520, sala 1
Alto da Lapa | 05083-030 | São Paulo | sp
contato@editoralabrador.com.br | (11) 3641-7446
editoralabrador.com.br

A reprodução de qualquer parte desta obra é ilegal e configura
uma apropriação indevida dos direitos intelectuais e patrimoniais
do autor. A editora não é responsável pelo conteúdo deste livro.
O autor conhece os fatos narrados, pelos quais é responsável,
assim como se responsabiliza pelos juízos emitidos.

A vida é uma jornada de aprendizado contínuo, onde cada desafio é uma oportunidade de crescimento. Enfrente-os com coragem, sabedoria e compaixão, pois é através deles que você descobrirá sua verdadeira força e propósito.

Sumário

Agradecimentos 9

Prefácio 11

A obra 13

Carta 1: O autoconhecimento 15

Carta 2: O desafio 29

Carta 3: O equilíbrio 39

Carta 4: A solidariedade 49

Carta 5: A humildade 57

Carta 6: A assertividade 65

Carta 7: A disciplina 73

Carta 8: O lazer 81

Carta 9: As finanças 89

Carta 10: A liderança 101

Carta 11: A resiliência 119

Carta 12: A fé 129

Além das palavras: vivendo o legado 137

Agradecimentos

Primeiramente, agradeço a Deus, por todas as bênçãos derramadas sobre minha vida. Sou grato por cada experiência vivida, cada lição aprendida e cada desafio superado. Reconheço Sua mão guiando meus passos e proporcionando que eu compartilhe minhas vivências neste livro.

À minha amada família, meu alicerce inabalável, expresso minha mais profunda gratidão. Vocês foram e continuam sendo minha fonte inesgotável de força e motivação para enfrentar os obstáculos que a vida apresenta. Dedico este livro, especialmente, aos meus amados filhos, Heitor e Davi, meus bens mais preciosos e a razão pela qual me empenhei neste projeto.

Prefácio

Em uma madrugada de julho de 1997, a vida me lançou em um abismo de desespero e dor. Aos dezesseis anos, época em que cada jovem busca por modelos e guias, fui abruptamente privado da presença de meu pai, cuja vida foi ceifada por um ato de violência na maravilhosa (porém, por vezes, cruel) cidade do Rio de Janeiro. Esse evento não apenas me fez mergulhar em um profundo trauma, mas também me deixou vagando sem uma referência masculina para me orientar através das tempestades da adolescência e do início da vida adulta.

Embora ainda tivesse a presença reconfortante de meu avô, um homem cujo caráter era de uma integridade inquestionável, havia certas dúvidas que, por razões que nem mesmo eu conseguia compreender totalmente, eu hesitava em compartilhar com ele. Questões cruciais sobre carreira, amor e as inúmeras incertezas que assombram os jovens nessa idade pareciam permanecer sem resposta.

Contudo, em vez de me render às adversidades que a vida impunha, optei por enfrentar cada uma com determinação. Tornei-me oficial do Exército e, mais importante ainda, abracei o papel mais nobre de minha vida: ser pai de dois meninos extraordinários, Heitor e Davi.

Movido pelo temor de que o mesmo destino trágico que levou meu pai pudesse, um dia, afastar-me, prematuramente, de meus filhos, senti-me compelido a escrever esta obra. Meu propósito transcende a mera vontade de deixar um legado; visa garantir que meus filhos tenham acesso irrestrito a todos os valores, ensinamentos e experiências que pavimentaram minha história até aqui.

Portanto, esta obra, moldada na forma de cartas, é tecida por doze princípios fundamentais, que destilam as lições mais preciosas que a vida me ensinou. Esses ensinamentos, forjados no calor dos mais de 25 anos de vida militar — e refinados através das sabedorias compartilhadas pela leitura de diversos autores renomados, na área de desenvolvimento pessoal, liderança e finanças —, construíram o caminho para a minha realização pessoal, autodisciplina, integridade e um profundo respeito por mim mesmo e pelos outros. Cada carta, neste compêndio, representa mais do que simples palavras no papel; são degraus de uma escada que me elevaram e me permitiram vislumbrar a luz, mesmo na mais densa escuridão.

Que essas cartas, repletas de amor, sabedoria e experiência, possam tocar o coração de cada leitor, encorajando-o a enfrentar seus próprios dilemas com coragem.

É um convite para que você embarque em sua própria jornada de autoconhecimento e descoberta, armado da certeza de que, independentemente das tempestades que possam surgir, há sempre uma bússola interna pronta para guiá-lo de volta ao caminho certo. Compartilho estas palavras com a esperança de que elas possam servir como um guia, iluminando o caminho para uma vida de propósito.

Boa leitura!

A obra

Meu querido filho,

Hoje, enquanto me sento para escrever estas palavras, sinto uma emoção profunda, um desejo grande de compartilhar com você as lições mais valiosas que aprendi ao longo da minha vida. Estas cartas são uma parte essencial de mim, um guia que espero que o desafie a alcançar seu verdadeiro potencial.

Você está no limiar da vida adulta: um momento emocionante, mas também repleto de incertezas. É uma fase de descobertas; não apenas do mundo ao seu redor, mas principalmente de quem você é e do incrível potencial que carrega dentro de si. Eu escrevo estas cartas para te lembrar que, dentro de você, mora uma força imensa, capaz de superar qualquer obstáculo.

Ao longo da minha vida, enfrentei muitos desafios e, em cada um deles, aprendi lições valiosas sobre como ser resiliente, como encontrar felicidade nas pequenas coisas e como o amor e a determinação podem nos levar a realizar grandes feitos. Essas lições foram meu rumo, e, agora, eu as passo para você; não para que você evite os desafios, mas para que os enfrente, sabendo que tem tudo o que precisa para superá-los.

Quero que saiba que a vida vai testá-lo, mas também acredito que você tem a capacidade de se erguer mais forte a cada vez. Dentro de você, existe uma chama que nunca se apaga, uma luz que brilha, mesmo nos momentos mais escuros. Essa luz é sua guia, sua força interior, que o ajudará a encontrar a direção correta, mesmo quando tudo parecer incerto.

Estas cartas são o meu convite para você viver sua vida plenamente, para amar intensamente, sonhar sem limites e correr atrás desses sonhos com toda a energia do seu ser. É um convite para se levantar sempre que cair e para continuar seguindo em frente, sabendo que cada passo é uma vitória, cada erro é uma lição e cada conquista é apenas o começo de novas aventuras.

A vida é uma dádiva incrível, e cada dia é uma nova chance de fazer algo maravilhoso, de fazer a diferença, de ser gentil e de espalhar um pouco de luz por onde passar. Eu te encorajo a abraçar cada etapa, a viver cada dia com propósito e paixão e a nunca esquecer que você é mais forte, mais capaz e mais brilhante do que imagina.

Lembre-se, meu filho, eu acredito em você. Acredito no seu potencial para alcançar o inimaginável, na sua força e na sua capacidade de transformar sonhos em realidade. Saiba que estarei sempre aqui, torcendo e celebrando cada passo que você dá, rumo ao seu magnífico destino.

Com todo o amor,
de pai para filho.

CARTA 1:

O autoconhecimento

*Conhecer-se é o primeiro passo
para dominar qualquer destino.*

Meu querido filho,

Começo esta carta contando uma experiência que, para mim, reflete, em plenitude, o que seria a busca pelo autoconhecimento...

À medida que o sol começa a se pôr, por volta das 18h, após dias de meticuloso planejamento, isolado, focado unicamente na execução da missão, ajusto meu equipamento, atento a cada detalhe. O avião C-130 Hércules, uma imponente máquina de guerra, acaba de aterrissar e se dirige lentamente para a área de embarque. Faço uma última verificação no equipamento de cada membro da equipe e os lidero até o interior da aeronave. Ao embarcarmos, observo o rosto de cada um: homens excepcionais, unidos pelo reconhecimento mútuo de suas capacidades extraordinárias.

O avião decola e ascendemos, camuflados pela vastidão do céu. Coordeno os pilotos, seguindo a rota de navegação predefinida. A luz vermelha acende, um prenúncio do salto iminente. Dou as instruções necessárias para que a equipe se prepare. A uma altura de 1.000 pés, avisto a sinalização dos elementos já infiltrados na Zona de Lançamento. Faço as correções finais da trajetória da aeronave, garantindo uma entrada adequada em relação ao vento de superfície. Com a Zona de Lançamento devidamente liberada, após o bloqueio da referência, conto mentalmente três segundos e, com um comando firme de "Precede", lidero o salto, seguido de perto por toda a equipe. Pousamos em segurança e, a partir desse momento, damos início ao nosso trabalho.

Essas atividades se repetem ao longo do ano, seja de noite ou de dia, sobre terra, rio ou mar, e em alturas diversas — que variavam entre 1.000 pés, 12.000 pés e, às vezes, até 24.000 pés (ou seja, aproximadamente 300 metros, 3.500 metros e 7.000 metros, respectivamente). Essas são as operações dos Precursores Paraquedistas, tropa de elite do Exército Brasileiro da qual tive o orgulho de fazer parte durante muitos anos da minha carreira. Foi nesse ambiente de superação contínua que descobri meu verdadeiro potencial, percebendo que era capaz de realizar feitos que antes julgava inimagináveis. A experiência com essa tropa de elite moldou minha perspectiva de vida e me ensinou lições valiosas, que carrego comigo.

Quando criança, crescendo no subúrbio do Rio de Janeiro, jamais poderia ter previsto os caminhos que a vida me reservava. Nada em meu início humilde indicava que eu alcançaria alturas tão elevadas, tanto no sentido literal como no metafórico. Contudo, foi a inabalável fé em mim mesmo, aliada a uma incansável perseguição a meus sonhos, que me conduziu por essa trajetória extraordinária. Cada obstáculo transpassado e cada temor subjugado representava um firme passo adiante, desvelando, gradualmente, a minha verdadeira essência. Esse processo de superação contínua foi o cinzel que esculpiu minha personalidade, revelando um ser humano muito mais resiliente e capaz do que eu jamais havia imaginado ser.

Esses relatos, embora enraizados na minha experiência militar, são, fundamentalmente, uma história sobre o autoconhecimento. São um testemunho do poder da autorreflexão, da importância de enfrentarmos nossos medos e de nos desafiarmos a ultrapassar nossos limites. Cada operação, cada salto, era uma chance para aprender mais sobre mim mesmo, para entender que a verdadeira coragem reside não na ausência de medo, mas na capacidade de enfrentá-lo.

Quero que você se lembre sempre, meu filho, que buscar a si mesmo é uma estrada sem fim. Cada dia traz, consigo, novas revelações, novas tarefas — e, mais importante, novas oportunidades para crescer e evoluir. Assim como eu, que não sou mais o jovem de dezesseis anos que enfrentou a perda do pai, você também vai se transformar ao longo dos anos. Essa evolução é natural e necessária. Ela reflete a nossa capacidade de adaptar, aprender e, acima de tudo, de nos reinventar.

Nossos valores fundamentais, aqueles que foram passados de geração em geração, como a honestidade, a honra e a disciplina, são as raízes que nos mantêm firmes diante dos ventos da mudança. Eles são o solo fértil do qual nossas melhores qualidades brotam. Mantenha-se sempre fiel a esses valores, pois eles serão sua bússola moral em um mundo que, muitas vezes, pode parecer confuso e desorientador.

Em um mundo onde a honra parece um valor esquecido, quero que você saiba o quão fundamental ela é. Ser um homem honrado significa ter integridade, cumprir sua palavra e fazer o que é certo, mesmo quando não for fácil.

A honra é o alicerce para uma vida bem-sucedida. Ela atrai pessoas de valor, constrói relacionamentos sólidos e alcança respeito e admiração. Mais do que isso, a honra é a base para o seu próprio respeito e sua paz interior.

Portanto, em todas as áreas da sua vida, seja um homem honrado; aja de acordo com seus valores e princípios. Assim, você trilhará o caminho para uma vida plena.

Quanto ao conhecimento de si mesmo, te encorajo a adotar uma abordagem semelhante à análise SWOT,[1] muito usada no mundo dos negócios: conheça suas fraquezas e forças, entenda as ameaças e identifique as oportunidades. Essa clareza sobre quem você é e sobre o que é capaz lhe dará uma vantagem inestimável na vida. Seja qual for sua paixão, dedique-se a ela com tudo que puder. Se é a matemática que faz seus olhos brilharem, então mergulhe nela. Se são os idiomas que o fascinam, torne-se um poliglota. Excelência em qualquer área começa com um compromisso de ser o melhor possível naquilo que amamos.

Nunca se limite por rótulos ou dúvidas sobre suas capacidades. Lembre-se: as únicas barreiras que realmente existem são aquelas que nós mesmos criamos. O seu potencial é ilimitado, meu filho. Não permita que o medo ou a insegurança o impeçam de explorar o vasto campo de possibilidades que a vida oferece.

O ambiente ao seu redor tem um impacto significativo sobre quem você se tornará. Portanto, escolha sabiamente as companhias. Rodeie-se de pessoas que não apenas o inspirem a ser melhor, mas que também vejam o mundo com otimismo e possibilidades. Essas são as pessoas extraordinárias que vão elevá-lo e incentivá-lo a alcançar a grandeza.

Uma das missões fundamentais que você enfrentará é a procura pelo seu propósito. Perguntar-se "Para que

---

[1] SWOT é uma ferramenta de análise estratégica em uma organização, projeto ou setor específico, usada para avaliar as forças (*Strengths*), fraquezas (*Weaknesses*), oportunidades (*Opportunities*) e ameaças (*Threats*). Não pode ser atribuída a um único autor ou inventor. No entanto, sua origem está frequentemente associada ao trabalho de Albert Humphrey, que liderou um projeto de pesquisa na Universidade de Stanford nas décadas de 1960 e 1970.

eu nasci?", "Que caminho seguir?" e "Aonde quero chegar?" é o pilar que definirá o curso da sua existência. Sem uma bússola interna apontando para o seu propósito, você pode vagar sem rumo, incerto em cada decisão que precisar tomar.

Entenda, filho, que suas decisões e escolhas moldam não apenas o seu futuro, mas também quem você se torna ao longo do caminho. Após uma reflexão profunda e um entendimento claro do seu verdadeiro eu, você estará em uma posição de força para fazer as escolhas essenciais da vida. E isso gera autoconfiança. No entanto, quero que você preste atenção especial a três áreas críticas, pois elas têm o poder de influenciar profundamente o seu caminho.

Primeiro, vamos falar sobre a escolha da sua carreira. Esta é uma decisão que deve ser alinhada não apenas com suas habilidades, mas também com suas paixões. Se sua força reside nas ciências humanas, por exemplo, perseguir uma carreira em engenharia, apesar de não ser impossível, pode apresentar desafios adicionais. Lembre-se: não se trata de se limitar, mas de reconhecer onde suas verdadeiras habilidades e seus interesses se encontram e como podem ser aplicados, para alcançar a excelência e a satisfação.

Ao escolher uma carreira, é fundamental considerar também o propósito e o impacto que você deseja ter no mundo. Pense sobre os problemas que gostaria de resolver, as pessoas que gostaria de ajudar e as mudanças positivas que você gostaria de ver na sociedade. Alinhar sua carreira com seus valores e seu propósito pode trazer um senso de realização e significado ao seu trabalho.

Além disso, esteja aberto a explorar diferentes possibilidades e caminhos dentro da sua área de interesse. O mundo está em constante mudança, e novidades surgem a todo momento. Mantenha-se curioso, busque conhecimento e esteja disposto a se adaptar e aprender ao longo do caminho. A flexibilidade e a capacidade de se reinventar são habilidades valiosas no mercado de trabalho atual.

Lembre-se também da importância de desenvolver habilidades interpessoais e de comunicação, independentemente da carreira escolhida. Saber se relacionar bem com as pessoas, trabalhar em equipe e se expressar de forma clara e eficaz são competências que podem fazer a diferença no seu êxito profissional.

Não tenha medo de recorrer à mentoria e à orientação de profissionais experientes em sua área de interesse. Eles podem oferecer *insights* valiosos, compartilhar experiências e ajudá-lo a traçar um caminho mais claro para alcançar seus objetivos. Aproveite para fazer *networking* e esteja aberto a aprender com aqueles que já trilharam o caminho que você deseja seguir.

Escolher uma carreira é um processo de descoberta. Dedique tempo para refletir sobre seus talentos, paixões e valores e esteja disposto a explorar diferentes possibilidades. Com esforço, dedicação e uma mente aberta, você poderá encontrar uma carreira que não apenas o realize profissionalmente, mas que também contribua para um mundo melhor.

A segunda escolha crucial é a de sua parceira de vida. Esta pessoa será sua companheira nos altos e baixos compartilhando com você os sonhos, as lutas e os triunfos. Antes de tomar essa decisão, é essencial ter conversas profundas sobre seus propósitos de vida. Se não estiverem alinhados, a caminhada pode se tornar tremendamente mais difícil. A harmonia de propósitos é a fundação sobre a qual vocês dois podem construir uma vida juntos, repleta de compreensão mútua e apoio. Além disso, nunca deixe de amar a si mesmo.

O amor-próprio é a base para um relacionamento saudável e duradouro. Quando você se ama e se respeita, atrai pessoas que também o amam de verdade, valorizam-no e o tratam com o respeito que você merece. Não se perca tentando se encaixar nas expectativas de outra pessoa ou negligenciando suas próprias necessidades emocionais.

Outro aspecto crucial em um relacionamento é a comunicação aberta e honesta. Seja transparente sobre seus sentimentos, desejos e preocupações. Aprenda a ouvir atentamente e a se expressar de maneira clara e respeitosa. A capacidade de resolver conflitos de forma saudável e construtiva é essencial para o crescimento e a longevidade do relacionamento.

Lembre-se também da importância de cultivar a amizade e o companheirismo em seu relacionamento. Compartilhe momentos de alegria, riso e cumplicidade; apoie os sonhos e as aspirações um do outro, celebrando as conquistas e oferecendo suporte nos momentos delicados. Um relacionamento sólido é construído sobre uma base de respeito, confiança e admiração mútuos.

Não se esqueça de manter sua individualidade e seus interesses pessoais. Um relacionamento saudável permite que ambos os parceiros cresçam e se desenvolvam como indivíduos, enquanto caminham juntos em direção a objetivos comuns. Incentive a independência e a autonomia um do outro, valorize o tempo que passam juntos e também o tempo que dedicam a si mesmos.

Os relacionamentos passam por diferentes fases ao longo do tempo. Seja flexível, compreensivo e esteja disposto a adaptar-se às mudanças. Cultive a empatia, a paciência e a capacidade de perdoar. Juntos, vocês podem superar obstáculos, fortalecer seus laços e construir um amor verdadeiro e duradouro.

Por fim, a escolha de onde você vai construir seu lar e criar seus filhos é de imensa importância. Um ambiente que ofereça segurança, qualidade de vida e uma comunidade solidária é fundamental para o bem-estar de sua família. Reconheço que a natureza de meu trabalho muitas vezes dificultou a criação de laços duradouros nas diversas cidades por onde passei. Esta experiência me ensinou o valor de estabelecer raízes em um lugar que não apenas nutra sua evolução pessoal, mas também ofereça um terreno fértil para o progresso de seus filhos.

Considere, além das ofertas de trabalho e da infraestrutura da região, a qualidade das escolas, a disponibilidade de atividades extracurriculares e a presença de espaços verdes e áreas de lazer. Um ambiente que estimule o aprendizado, a criatividade e o contato com a natureza pode ter um impacto significativo no desenvolvimento cognitivo, emocional e social de seus filhos.

Além disso, busque uma comunidade que compartilhe de seus valores e ofereça um senso de pertencimento. Envolva-se em atividades locais, participe de eventos comunitários e cultive relacionamentos com vizinhos e outras famílias. Essas conexões, em momentos de necessidade, podem se mostrar uma rede de apoio valiosa, especialmente durante as fases desafiadoras da criação dos filhos.

Crie um lar acolhedor e amoroso, independentemente do local físico onde vocês estejam. Cultive um ambiente de respeito, comunicação aberta e afeto dentro de sua família. Estabeleça tradições e rituais que fortaleçam os laços familiares, como sentar junto à mesa para as refeições; assistir a um filme em família; ou participar semanalmente de uma atividade religiosa — criando, assim, memórias duradouras. Um lar repleto de amor, compreensão e apoio será o alicerce para o crescimento saudável de seus filhos.

Para tomar a decisão de onde morar, dedique um tempo e esteja aberto a ouvir a opinião, as necessidades, os desejos e as aspirações de sua parceira e seus filhos. Busque um equilíbrio entre suas responsabilidades profissionais e a qualidade de vida de sua família. Lembre-se de que o lar não é apenas um espaço físico, mas também um refúgio emocional — é, ao mesmo tempo, um porto seguro e um terreno fértil, onde todos os membros da família podem se sentir seguros, amados e valorizados.

Esteja preparado para ajustar-se às mudanças em diferentes fases da vida, pois as necessidades de sua família podem evoluir, e vocês podem precisar reavaliar prioridades, visando o bem-estar e a felicidade de todos. Esteja presente e engajado na vida de seus filhos.

A realidade é uma série de escolhas. Cada decisão que você toma abre novos caminhos e possibilidades. Portanto, escolha com o coração. E com a certeza de que, não importa o que aconteça, você tem dentro de si tudo o que é necessário para viver uma vida plena, rica e extraordinária.

Mantenha-se sempre curioso. A curiosidade é chama que ilumina; ela o encoraja a fazer perguntas, a explorar novos interesses e a compreender o mundo ao seu redor. A curiosidade é o antídoto para a complacência e o tédio; ela mantém sua mente afiada e seu espírito vivo.

Da mesma maneira, examine com cuidado as ideias que lhe são trazidas, antes de formar sua própria visão sobre as coisas. É importante ouvir diferentes opiniões, pois é na variedade de pensamentos que encontrará a sabedoria para chegar às suas próprias conclusões. Nunca deixe de ter pensamento crítico.

Não tenha medo de mudar de ideia ou de caminho. À medida que você cresce e aprende, suas opiniões e seus interesses evoluirão inevitavelmente. Isso não é sinal de inconstância, mas de maturidade. Ter a flexibilidade para se adaptar é uma virtude, não uma fraqueza. Valorize-a.

Desenvolva uma prática de reflexão — seja através da meditação, da escrita em um diário ou simplesmente de momentos de quietude. Encontrar tempo para refletir sobre sua vida, seus sentimentos e seus sonhos é essencial. Esses momentos de introspecção são preciosos para a paz interior.

É na singularidade de ser verdadeiramente você mesmo que reside o poder de se diferenciar em um mundo que, constantemente, tenta moldar-nos às suas expectativas. Esse processo de diferenciação não é apenas para nos destacarmos na multidão, mas para reconhecermos nossas peculiaridades, paixões, medos e forças, transformando-os em alavancas.

E, aqui, um posicionamento não é apenas uma estratégia externa, mas um alinhamento interno profundo com seus valores mais verdadeiros, suas convicções mais autênticas. Quando você se posiciona de maneira única (não apenas na área profissional, mas na vida), cria um espaço onde a comparação perde seu poder, a competição se torna irrelevante, porque a sua verdadeira medida de sucesso é o quanto você está vivendo de forma autêntica, de acordo com seus próprios termos. É nesse espaço de autenticidade que o verdadeiro autoconhecimento floresce, iluminando o caminho para uma vida de significado e propósito.

É intrínseco ao ser humano voltar seu olhar para a existência do próximo. Constantemente nos pegamos admirando e enaltecendo as metas e os pertences alheios, enquanto negligenciamos a apreciação de nossa própria história. Cada um de nós carrega uma unicidade; vivenciamos momentos tão marcantes quanto aqueles narrados em obras literárias ou dramatizados nas telas de cinema. O que nos falta, por vezes, é um narrador habilidoso que saiba dar vida e relevo a essas histórias. Aprenda a valorizar sua essência. Adote uma perspectiva ampliada sobre sua própria existência, saboreando cada segundo vivido, cada aventura enfrentada.

Lembre-se de que você não está sozinho. Embora o caminho seja profundamente pessoal, isso não significa que você tenha que percorrê-lo isoladamente. Rodeie-se de mentores, amigos e entes queridos que possam oferecer suporte, orientação e uma perspectiva diferente. A sabedoria e a experiência compartilhadas por outros podem ser inestimáveis.

Seja gentil consigo mesmo. A jornada pode ser repleta de revelações surpreendentes, de combates e de incertezas. Trate-se com compaixão e paciência; reconheça seus esforços e celebre suas conquistas (por menores que sejam).

Acredite em si mesmo como eu acredito em você. E saiba que, não importa o que aconteça, estarei sempre ao seu lado.

Com todo o amor,
de pai para filho.

CARTA 2:

O desafio

*Nasce, na adversidade,
a força para transformar
sonhos em realidade.*

Meu querido filho,

Quero compartilhar contigo outra história que traz lições valiosas para a vida. Durante meu curso de precursor paraquedista (uma fase que testou todos os limites que eu conhecia), uma expressão sempre ressoava com um peso especial: "o vento mudou...". Lembro-me dessas palavras (simples, à primeira vista) como se fosse ontem, pois eram carregadas de significado.

Você provavelmente não está familiarizado com o termo "precursor", mas deixe-me explicar: no Exército Brasileiro, os precursores são considerados a elite entre os paraquedistas, os responsáveis por uma das missões mais desafiadoras: infiltrar-se em território inimigo antes do lançamento principal da tropa, que chamamos de assalto aeroterrestre.

O trabalho de um precursor exige coragem, habilidade e uma capacidade excepcional de operar de forma independente em ambientes hostis. Ele é lançado à frente da força principal, em pequenos grupos, com o propósito de reconhecer a zona de lançamento e garantir a segurança dos outros paraquedistas.

Essa missão requer treinamento rigoroso e uma mentalidade inabalável. Os precursores devem ser capazes de navegar em terrenos desconhecidos, coletar informações vitais e tomar decisões críticas sob pressão. Eles são os olhos e os ouvidos da tropa paraquedista, fornecendo inteligência em tempo real — o que pode fazer a diferença entre o sucesso e o fracasso da missão.

Ser um precursor é uma grande responsabilidade e uma honra ainda maior.

Na formação, que se estende por aproximadamente seis meses, está a fase de lançamento precursor. Esta etapa envolve realizar o lançamento de tropas a bordo de uma aeronave militar, sem nenhum apoio de solo, uma tarefa que exige equilíbrio emocional e meticulosa preparação, como o estudo aprofundado da meteorologia e da topografia da região.

Com o coração batendo forte pelo estresse da atividade, ouvia-se o instrutor sussurrar: "O vento mudou... agora é 240º com 7 nós". Nesse momento, eu percebia que todos os cálculos precisavam ser refeitos; a trajetória do avião, ajustada, e a sincronização do salto, recalculada. Tudo isso a poucos instantes do lançamento. Era um teste definitivo para sair da zona de conforto.

O curso me ensinou uma lição valiosa: é através do enfrentamento dos desafios que nos desenvolvemos. O estresse pessoal — que, antes, me consumia nos momentos que antecediam um salto, somente pelo risco da atividade — havia se transformado em uma dedicação extrema e em preocupação com a segurança da minha equipe. Essa mudança de perspectiva evidenciava o quanto eu havia evoluído, atingindo um nível de maturidade e competência que me permitia colocar o bem-estar coletivo acima das minhas próprias inseguranças. Foi um marco, que demonstrou que eu havia superado antigas limitações e me tornado um líder capaz de inspirar confiança e zelar pelo triunfo conjunto. Era um novo patamar na minha evolução como militar e como ser humano.

É bem verdade que essa transformação não aconteceu da noite para o dia. Foi um processo gradual, construído através de inúmeras experiências. Cada salto, cada missão, cada obstáculo superado me ensinou algo novo sobre mim mesmo e sobre o que eu era capaz de realizar.

Uma lição foi a importância da preparação meticulosa: antes de cada missão, passávamos horas estudando mapas, analisando condições climáticas, planejando cada detalhe. Esse nível de preparação não apenas aumentava nossas chances de vitória, mas também nos dava a confiança necessária para enfrentar o desconhecido.

Outra lição crucial foi a importância de confiar na equipe. Quando você está saltando, sua vida depende dos outros. Literalmente. Você precisa confiar que cada integrante fará sua parte. Essa confiança não surge instantaneamente — ela é construída através de incontáveis horas de treinamento, de superação e apoio mútuo nos momentos mais difíceis.

Mas talvez a lição mais profunda tenha sido sobre a natureza da coragem. Antes de me tornar um precursor, eu pensava que coragem significava não ter medo. Mas, através dessa experiência, aprendi que coragem é agir apesar do medo. É sentir o medo, reconhecê-lo e, então, dar o próximo passo. Essa é a verdadeira essência da bravura.

Essas lições — a importância da preparação, da confiança na equipe, da coragem em face do medo — transcendem o campo de batalha. Elas são aplicáveis a todos os aspectos da vida, seja enfrentando uma crise profissional ou pessoal, ou simplesmente navegando pelas incertezas do dia a dia. Estas são as ferramentas que nos permitem não apenas sobreviver, mas prosperar.

Assim, filho, quero que entenda que, tal como o militar que se desafia a ser paraquedista e, depois, precursor, qualquer pessoa que decida sair da sua zona de conforto está se permitindo viver a vida de forma mais plena, rica e intensa. Este ato de bravura não apenas nos revela a imensidão e a beleza do mundo ao nosso redor, mas também desperta capacidades, forças e potenciais até então adormecidos (ou não reconhecidos) em nós.

A oração do paraquedista tem o seguinte trecho: "... quero a insegurança e a inquietação, quero a luta e a tormenta. Dai-me isso, meu Deus, definitivamente; dai-me a certeza de que essa será a minha parte para sempre, porque nem sempre terei a coragem de Vo-la pedir". Sair da zona de conforto é um ato de coragem porque é difícil e nem todos têm essa disposição; porém, não há como evoluir permanecendo numa situação confortável. A tendência das pessoas é a de buscar fardos leves, quando, na verdade, deveriam buscar ombros mais fortes.

Quero que saiba que enfrentar o desconhecido é uma virtude. Cada enfrentamento te tornará mais forte, mais sábio e mais preparado para qualquer tempestade que a vida possa colocar em seu caminho. Lembre-se sempre: o vento pode mudar; mas, com preparação, coragem e resiliência, você será capaz de ajustar a direção da aeronave e lançar-se ao seu destino.

Imagine, meu filho, um mundo onde figuras como Thomas Edison e Santos Dumont nunca tivessem ousado sair de suas zonas de conforto. Se Edison tivesse se contentado com as soluções de iluminação existentes, ainda estaríamos, talvez, à luz de velas ou lampiões a gás, perdendo não só em conveniência, como também em inúmeras horas de produtividade e avanços científicos que dependem da eletricidade.

E se Santos Dumont nunca tivesse olhado para o céu com a ambição de voar, a aviação hoje conhecida poderia ser apenas um sonho distante. A ousadia deles em explorar além dos limites não apenas moldou o curso da história humana, mas também nos ensina uma lição valiosa sobre a importância de perseguirmos nossas paixões e desafiarmos o *status quo*. Ela nos mostra que, para realmente impactar o mundo, precisamos abraçar o desconhecido com curiosidade e determinação.

Inicialmente, sair da zona de conforto pode provocar sentimentos de medo, incerteza e vulnerabilidade, mas o processo de superação nos fortalece, amplia nossa resiliência e nos ensina lições valiosas sobre nós mesmos e sobre a vida. Além disso, é infinitamente enriquecedor, pois nos conduz a uma vida mais autêntica e alinhada com nossos verdadeiros desejos e aspirações.

Minha trajetória até me tornar um oficial do Exército Brasileiro foi repleta de audácia e superação. Deixar a segurança do lar para trás e mergulhar no mundo desafiador da carreira militar foi uma decisão que transformou minha vida, ensinando-me o valor da perseverança, da liderança e do constante empenho pelo aprimoramento pessoal. Essa escolha, embora repleta de incertezas, foi o que me permitiu alcançar o inimaginável, moldando-me no homem que sou hoje.

Enquanto você caminha pela vida, sonhando alto, quero que se lembre de uma verdade fundamental: os sonhos são apenas o início. Para torná-los realidade, é preciso mais do que apenas desejar; é necessário estar disposto a fazer os sacrifícios necessários. Vejo muitas pessoas ao nosso redor vivendo em conforto, relutantes em dar o passo decisivo em direção à mudança. Por outro lado, há aqueles que, sem as mesmas regalias, partem cedo para a batalha da vida, assumindo responsabilidades que os forjam em pessoas de destaque, muitas vezes superando os que permaneceram na tranquilidade de seus lares.

Cuidado com os prazeres imediatos: aqueles que parecem satisfazer nossos desejos no momento nos mantêm presos, muitas vezes, em um ciclo de complacência que impede nosso crescimento. Cada decisão que você toma para se afastar da gratificação instantânea e enfrentar o desconforto de crescer leva você um passo mais perto do indivíduo extraordinário que está destinado a ser. Seu eu futuro olhará para trás, agradecendo por essas escolhas corajosas e celebrando a audácia de viver uma vida além das limitações autoimpostas.

Quero que você saiba que a verdadeira grandeza vem da capacidade de se levantar e seguir em frente, mesmo quando o caminho é incerto. É assim que se pode, verdadeiramente, alcançar o extraordinário. Cada escolha tem seu preço. Lembre-se sempre disso e saiba que, independentemente do que enfrentar, eu estarei aqui, torcendo por você e acreditando em sua capacidade de triunfar.

Quero que entenda, meu filho, que não estou sugerindo que deixe nossa casa sem necessidade, mas sim que valorize as oportunidades que seus pais lhe proporcionam. Use-as como um trampolim para seus próprios sonhos e aspirações, sempre lembrando que a verdadeira evolução ocorre fora da nossa zona de conforto. Não hesite em assumir a liderança e encarar os desafios. Se puder fazer uma apresentação ou coordenar uma equipe de trabalho, seja o primeiro a se voluntariar. Tal disposição para se antecipar é decisiva para o seu crescimento pessoal. Deixe de lado qualquer timidez, seja audacioso ao fazer perguntas, enfrente situações desconfortáveis. É importante lembrar que a fluência em um novo idioma não se adquire no silêncio; por isso, faça-se ouvir, participe ativamente de debates enriquecedores e destaque-se. Não se contente em ser apenas mais um; destaque sua singularidade. Persiga seus sonhos com determinação incansável.

De forma a facilitar, vou partilhar contigo algumas práticas que, na minha experiência, provaram ser inestimáveis.

Primeiramente, é essencial que defina metas que te desafiem, mas que estejam ao seu alcance e alinhadas com o seu propósito. Inicie por traçar planos que te levem além dos seus limites habituais, mas que sejam possíveis de serem alcançados com dedicação e esforço. Tais metas devem ser claras, mensuráveis, realizáveis, relevantes e delimitadas no tempo, seguindo o princípio SMART.[2] Vamos tomar, por exemplo, a meta de aprimorar seu hábito de leitura: imagine-se assumindo o compromisso de ler um livro por mês, cada um com no mínimo 150 páginas, até o término deste ano. Ao definir essa meta, você estará não apenas se comprometendo com algo plenamente realizável, mas também se desafiará a ultrapassar os limites da sua zona de conforto. Este comprometimento induz a uma expansão

---

2 SMART é um acrônimo que define critérios para estabelecer objetivos claros e alcançáveis (*Specific, Measurable, Attainable, Realistic e Time-bound*). Não é atribuído a um único autor, mas a origem mais comumente citada é a de George T. Doran.

de suas fronteiras pessoais, incentivando um progresso contínuo e significativo em prol de desenvolvimento pessoal.

Em segundo lugar, adote uma mentalidade de crescimento. Assim, perceberá que erros e falhas não são indicativos de fraqueza, mas sim partes integrantes do seu processo de evolução. A capacidade de se adaptar é infinitamente mais valiosa do que a falsa segurança da complacência.

Terceiro: é de suma importância que se rodeie de pessoas que o inspirem a crescer. A influência daqueles que te cercam é imensa; por isso, busque a companhia de indivíduos que te desafiem, que te motivem a alcançar os seus objetivos e te encorajem a ir além dos teus limites percebidos. O suporte e a energia de uma comunidade positiva são fundamentais.

Por fim, nunca subestime a importância da resiliência e da paciência. Sair da zona de conforto é um processo que demanda tempo e persistência. Você enfrentará momentos de incerteza, erro e frustração. Nessas ocasiões, recorde-se dos seus sonhos e da sua motivação inicial. Ser paciente consigo mesmo e com o processo é essencial para superar os empecilhos e continuar a caminhar em direção aos seus sonhos.

A beleza da vida, meu querido, está para além do conhecido, na coragem de explorar novos horizontes e na disposição para enfrentar o que surgir. Que esta carta sirva como um lembrete de que é na investigação de nossa verdadeira essência que encontramos a maior das recompensas, apesar da incerteza do caminho.

Com todo o amor,
de pai para filho.

CARTA 3:

O equilíbrio

*Na corda bamba da existência,
o equilíbrio é o que nos impede
de cair no abismo da desordem.*

Meu querido filho,

Escrevo hoje sobre um tema que considero de suma importância e, ao mesmo tempo, um dos mais desafiadores de alcançar na vida: o equilíbrio. Alcançar esse estado é uma prova de sabedoria, e, acredite, aqueles que o conseguem desfrutam de uma existência tanto próspera como feliz.

Existem três pilares fundamentais que sustentam a vida: saúde, família e trabalho — e eles devem ser priorizados exatamente nessa ordem. A saúde, incluindo os aspectos físico, emocional e espiritual, é a base de tudo. Sem ela, torna-se impossível dedicar-se adequadamente à família ou cumprir com nossas obrigações profissionais. Observo, com certa tristeza, que muitas pessoas hoje estão doentes, negligenciam suas famílias e vivem em função do trabalho. Imploro a você que não siga esse caminho. Cuide da sua saúde e da sua família. É saudável ambicionar, mas a ganância pode ser destrutiva.

Confesso, meu filho, que não tive a sabedoria essencial para encontrar o equilíbrio perfeito na vida. Frequentemente, mergulhei de cabeça no trabalho, negligenciando, sem querer, tanto a nossa família quanto a minha própria saúde. Essa falta de atenção custou-me caro, afetando-me profundamente. Recuperar esse equilíbrio perdido foi uma caminhada longa e cheia de desafios; mas, nesse processo, acumulei ensinamentos preciosos. São essas lições que anseio compartilhar contigo, na esperança de que possa aprender com meus erros e encontrar um caminho mais harmonioso desde o início.

A negligência com a saúde física e mental levou-me a um estado de exaustão que me impedia de desfrutar de momentos preciosos com a família e, até mesmo, de me dedicar ao trabalho com a paixão de antes. Aprendi da maneira mais difícil que, sem saúde, tudo perde o seu brilho. Portanto, cuide do seu corpo como se fosse o seu bem mais precioso, porque, na verdade, ele é. Não subestime o poder de pequenas escolhas diárias: opte por alimentos naturais e minimamente processados, ricos em nutrientes que fortalecerão seu corpo e mente. Mantenha-se hidratado, bebendo água regularmente ao longo do dia. Evite excessos de açúcar, sal e gorduras trans, que podem desencadear uma série de questões de saúde a longo prazo.

Incorpore a atividade física em sua rotina, encontrando exercícios que você realmente goste de fazer. Seja uma corrida ao ar livre ou uma aula de boxe, natação ou futebol, o importante é manter-se ativo. O exercício regular não apenas fortalece seus músculos e melhora sua capacidade cardiovascular, mas também libera endorfinas, os "hormônios da felicidade", que ajudam a reduzir o estresse e melhorar o humor.

Não se esqueça da saúde mental: reserve momentos para relaxar e recarregar as energias, através da meditação, da prática de um hobby ou, simplesmente, desconectando-se das telas e aproveitando o silêncio.

Lembre-se também da importância de um sono de qualidade. Estabeleça uma rotina de sono consistente, criando um ambiente tranquilo e propício para o descanso. Evite estimulantes como cafeína e telas eletrônicas próximo à hora de dormir. Um sono adequado é essencial para a recuperação do corpo, regulação hormonal e funcionamento cognitivo ideal.

Acima de tudo, escute seu corpo e esteja atento aos sinais que ele lhe dá. Não ignore sintomas persistentes ou mudanças incomuns em sua saúde. Consulte regularmente um médico para check-ups e exames. A prevenção e o cuidado constante são as melhores estratégias para manter uma saúde robusta ao longo da vida.

Não negligencie também a saúde espiritual em sua vida. Independentemente da sua crença ou religião, cultivar uma conexão com algo maior do que nós mesmos proporciona um senso de propósito, paz interior e resiliência diante das adversidades. Reserve momentos para a reflexão, a oração ou a meditação, aquietando a mente e sintonizando com sua essência mais profunda. Pratique a gratidão, reconhecendo as bênçãos em sua vida e cultivando uma perspectiva positiva. Envolva-se em atividades que alimentem seu espírito, seja através do voluntariado, da conexão com a natureza ou da expressão artística. Lembre-se de que somos seres multidimensionais e que a saúde espiritual é um componente vital para o nosso bem-estar geral. Ao nutrirmos nossa espiritualidade, encontramos um sentido mais profundo na vida e desenvolvemos uma força interior inabalável para enfrentar os altos e baixos. Cuide da sua saúde espiritual com o mesmo zelo que dedica à sua saúde física e mental, pois é na integração harmoniosa desses aspectos que reside a verdadeira plenitude.

Seu corpo é seu templo e seu veículo. Trate-o com respeito, nutrindo-o com escolhas saudáveis e amor-próprio. Ao priorizar sua saúde, você estará construindo uma base sólida para enfrentar os desafios, perseguir seus sonhos e desfrutar plenamente de cada momento precioso da sua existência.

Quanto à família, ela é o porto seguro onde sempre podemos ancorar, não importa quão tempestuosas sejam as águas ao redor. Houve momentos em que, absorvido pelo trabalho, perdi importantes eventos familiares e pequenas celebrações. Olhando para trás, percebo o quanto eram significativas. A família deve ser o nosso refúgio e a nossa fonte de alegria. Valorize cada momento ao lado daqueles que ama, porque esses momentos são efêmeros e preciosos. Aprenda a estar presente, não apenas em corpo, mas em espírito.

Importa ressaltar que, no instante em que você tomou a decisão de constituir uma família, ela emerge como sua nova prioridade. Sua mãe e eu jamais deixaremos de ocupar um lugar significativo em seu coração; contudo, é essencial que aceite com maturidade que o novo núcleo familiar constitui agora o propósito central de sua vida. A ausência dessa compreensão pode conduzir a desenlaces dolorosos. É fundamental reconhecer que a fortaleza de sua família reside na capacidade de colocá-la acima de tudo, garantindo assim sua integridade e prosperidade.

Não se deixe levar pela correnteza avassaladora da vida moderna, pois isso pode fazê-lo perder o controle. Quando estiver com seu filho, dedique-se inteiramente a ele; com sua esposa, nutra o carinho e a comunicação; e, no trabalho, comprometa-se com suas responsabilidades. A invasão dos celulares em nossos momentos familiares e sociais tem nos distanciado daqueles que estão fisicamente ao nosso lado, levando-nos a um abismo de desconexão e até depressão. Perdemos a arte da conversa olho no olho e do compartilhamento das experiências diárias que enriquecem o convívio familiar.

O ambiente em que vivemos, tanto em casa como fora dela, molda nossa personalidade. Peço a você, portanto, que não permita que essa desconexão invada sua família. Viva cada dia, cada hora, cada minuto como se fosse o último — pois nunca sabemos quando o será, de fato.

Quanto ao trabalho: ele é importante, sim, mas não deve ser o centro de tudo. Eu me orgulho do que alcancei na minha carreira, mas também me arrependo das vezes em que permiti que o trabalho me afastasse das verdadeiras riquezas da vida. O trabalho deve ser uma expressão de nossas paixões e valores, não uma corrente que nos prende. Encontre algo que te apaixone, "e nunca terá que trabalhar um dia sequer na vida", como diz o ditado. Mas lembre-se de que nenhum resultado profissional excelente pode compensar a perda de momentos valiosos com aqueles que amamos.

À medida que você caminha pela vida, descobrirá que o tempo é o recurso mais precioso que temos. Não apenas em termos de segundos, minutos e horas, mas na qualidade desses momentos. Compartilho contigo algumas estratégias que me permitiram alcançar meus objetivos e também criar um espaço sagrado para o que realmente valorizo: nosso tempo em família.

Primeiramente, entenda a importância de estabelecer claramente o que é mais relevante para você. Isso não quer dizer apenas traçar metas, mas aplicar a Lei de Pareto, ou a regra do 80/20, como um princípio orientador. Isso significa reconhecer que, frequentemente, 20% dos seus esforços podem gerar 80% dos resultados desejados. Identifique esses esforços cruciais e concentre-se neles, eliminando ou delegando as tarefas menos impactantes. Essa abordagem não apenas otimiza seu trabalho, mas também abre espaço para o que verdadeiramente importa: tempo para si mesmo e para aqueles que ama.

A busca por independência, através da construção de fontes de renda passiva, é mais do que um fim nobre, é um passo essencial para quem deseja ter liberdade para seguir suas paixões e dedicar-se à família, sem estar preso às exigências de um emprego tradicional. Mesmo no meu caso, cuja carreira como militar exige dedicação integral e apresenta suas próprias demandas, a ideia de cultivar investimentos que gerem renda sem a necessidade de intervenção constante é extremamente valiosa. Isso não só melhora a qualidade de vida da família, mas também garante uma segurança a longo prazo. Imagine criar um sistema financeiro que, efetivamente, trabalhe em seu favor, permitindo-lhe viver a vida de acordo com seus próprios valores e prioridades. Esse é o caminho para uma vida mais plena e com significado, onde o tempo se torna seu maior ativo para investir em relacionamentos e em seu próprio crescimento pessoal.

Quanto à terceirização de tarefas, sempre meça o custo-benefício do seu tempo. Se o tempo que você libera, ao delegar uma tarefa, é mais valioso (seja em termos monetários ou de qualidade de vida) do que o custo do serviço, não hesite. Seja para engajar-se em projetos mais rentáveis ou, simplesmente, para cultivar momentos preciosos com a família, essa é uma troca que vale a pena.

Não subestime o poder das ferramentas tecnológicas à sua disposição. O avanço tecnológico oferece inúmeras maneiras de economizar tempo, permitindo que você se concentre no que realmente importa. Aprenda a usar essas ferramentas a seu favor, para que possa viver não apenas de forma mais eficiente, mas também mais plena.

Manter o equilíbrio é especialmente complexo em tempos de mudança e adversidade. A chave está em estabelecer limites saudáveis e cultivar a resiliência e a gratidão. Limites saudáveis permitem-nos dizer "não" quando necessário, protegendo nosso tempo e nossa energia para o que verdadeiramente importa. A resiliência nos ajuda a superar tudo, e a gratidão nos lembra das inúmeras bênçãos, mesmo nos momentos mais difíceis.

A herança que desejo deixar para você, meu filho, é o conhecimento de que uma vida bem vivida é uma vida equilibrada. Espero que, ao compartilhar minhas experiências e lições aprendidas, eu possa te guiar para um futuro em que o equilíbrio, a felicidade e o sucesso caminhem lado a lado. Meu maior desejo é que viva uma vida plena, rica em amor, saúde e realizações significativas.

Com todo o amor,
de pai para filho.

CARTA 4:

A solidariedade

Veja além de si; faça a diferença.

Meu querido filho,

Numa véspera de Natal, no auge da pandemia de covid-19, enquanto eu voltava do trabalho para casa, de trem, vivenciei um momento que gravei eternamente em minha mente. Entre as muitas faces anônimas e vendedores ambulantes, uma cena capturou minha atenção: uma senhora, com um bebê recém-nascido nos braços, implorando por qualquer ajuda. Sua situação era de uma sinceridade e um desespero palpáveis, sem recursos para proporcionar nem sequer a próxima refeição para si e para sua filha, muito menos uma ceia natalina. Naquele instante, movido por um impulso profundo de compaixão, ofereci-lhe a modesta ajuda que pude — os únicos cem reais que tinha na carteira. A alegria e a gratidão que iluminaram seu rosto naquele momento ensinaram-me uma lição inestimável sobre a verdadeira essência da humanidade e do impacto transformador de um gesto simples de bondade.

A prática da caridade, a capacidade de sentir empatia e o altruísmo se destacam como verdadeiros faróis de esperança, iluminando nossas almas e caminhos — e também daqueles que são tocados por nossas ações.

É meu desejo ensiná-lo a olhar além dos seus próprios horizontes, a perceber as necessidades alheias e a tomar iniciativas concretas para aliviar os fardos dos outros. Este é, sem dúvida, um dos mais valiosos presentes que posso lhe oferecer. Nunca subestime o impacto de um gesto de bondade: por mais simples que possa parecer, ele tem o poder de transformar vidas.

Lembre-se, meu filho, que, em cada doação, também recebemos. Não me refiro a recompensas materiais, mas a algo muito mais profundo e significativo — a alegria pura e a satisfação espiritual que advêm do ato de contribuir para o bem-estar de outra pessoa. Esta é a essência da verdadeira prosperidade e felicidade.

Outra experiência importante sobre solidariedade aconteceu no final de 2016, quando tive a honra de servir como observador militar das Nações Unidas na República Centro-Africana. Antes dessa missão, admito que mal sabia da existência desse país. Mas, à medida que mergulhava nos estudos sobre sua realidade, percebi que estava prestes a enfrentar um dos maiores desafios da minha vida.

A República Centro-Africana, um país marcado pela pobreza e por conflitos políticos complexos, foi o cenário de lições valiosas para mim sobre a essência da vida. Nos primeiros seis meses, fui designado para uma das regiões mais desfavorecidas, vivendo em condições extremamente difíceis. Um contêiner sem banheiro, com energia elétrica limitada a apenas seis horas por dia (devido à escassez de combustível) e temperaturas que ultrapassavam os 40 graus. A comunicação com o mundo exterior era praticamente inexistente, tornando impossível até mesmo uma simples chamada de vídeo.

Apesar de enfrentar adversidades severas, incluindo três episódios de malária, foi no coração da pobreza que encontrei um brilho inesperado de alegria. Em Mobaye, uma cidade marcada pela escassez extrema e situada perto da fronteira com a República Democrática do Congo, vivenciei momentos que me marcaram profundamente.

As crianças dessa cidade, apesar de viverem em condições precárias quase inimagináveis, carregavam um sorriso que iluminava a escuridão de qualquer desafio. Elas me ensinaram uma lição inestimável: a felicidade transcende os bens materiais. A alegria pura em seus olhos era um testemunho vivo dessa verdade. Reconheciam-me pela bandeira em meu uniforme e expressavam seu amor pelo futebol brasileiro — uma paixão compartilhada mesmo sem o luxo da televisão ou da energia elétrica em suas casas. Ronaldo e Ronaldinho eram nomes que ecoavam como um hino de alegria, uma conexão mágica com um mundo distante.

Um dia, decidi presentear algumas dessas crianças com camisas da seleção brasileira de futebol. A gratidão que demonstraram por um gesto tão simples foi, para mim, uma revelação. Aquele momento iluminou minha compreensão sobre o que realmente importa na vida. A jornada que trilhei, repleta de revelações, ensinou-me lições relevantes, sobre as conexões humanas que estabelecemos e a capacidade de encontrar luz, mesmo nos lugares mais sombrios.

"Essa missão me transformou" — estas palavras, meu filho, carregam um peso e uma profundidade que tentarei transmitir a você com toda a sinceridade e amor que um pai pode oferecer.

A incessante busca por prosperidade material, tão valorizada em nossa sociedade, revelou-se uma corrida sem fim e, muitas vezes, sem sentido. A verdadeira felicidade, descobri, requer muito pouco. Não está nas riquezas acumuladas, mas nas riquezas imateriais que fortalecem nossa alma. A saúde, um bem muitas vezes subestimado, emergiu como um tesouro inigualável. Afinal, é ela que nos permite vivenciar plenamente cada momento, ao lado daqueles que amamos.

Aprendi, distante da família, que estar junto daqueles que amamos, compartilhando risadas e até mesmo silêncios, é uma fonte de alegria incomparável. Esses momentos são o verdadeiro ouro da existência humana, tesouros que devemos guardar com zelo e gratidão.

Além disso, a missão também me ensinou sobre o poder da solidariedade. Aprender a estender a mão a quem precisa, dentro de nossas possibilidades, é uma virtude que transcende o ato em si. É um reflexo de nosso caráter, de nossa humanidade. É um lembrete de que estamos todos conectados e que ajudar o próximo é, de fato, ajudar a nós mesmos. Esse ciclo de generosidade e gratidão é o que mantém a humanidade avançando, construindo um mundo melhor.

Quantas vezes nos encontramos presos às correntes dos bens materiais, permitindo que o acúmulo desnecessário de objetos ocupe mais que espaço físico, mas também mental e emocional, em nossas vidas? Guarda-roupas repletos de vestimentas esquecidas, prateleiras abarrotadas de utensílios jamais utilizados e caixas cheias de brinquedos que já não despertam a alegria de outrora. Essas acumulações, fruto de apego ou mera acomodação, escondem uma verdade inconveniente: enquanto nos aferramos ao que não necessitamos, existem indivíduos enfrentando adversidades, crianças privadas do simples prazer de brincar e pessoas desprovidas do conforto de um agasalho em noites frias.

A importância de praticar a reflexão sobre nossa capacidade de sermos solidários é algo que sempre enfatizo. O ato de questionar-se é fundamental: "Existe algo em meu poder, algo que não utilizo e poderia servir de alento ou alegria para outro ser humano?". Essa indagação não apenas abre portas para ações altruístas, mas também nos assegura que não estamos falhando em estender nossa mão àqueles em necessidade.

Este exercício de introspecção é mais do que uma simples doação; é um caminho de fortalecimento pessoal e dos laços comunitários. Ao liberarmos espaço em nossos lares e corações, não apenas contribuímos para o bem-estar de outrem, mas também redescobrimos o valor intrínseco da simplicidade e do compartilhar. Encontramos, assim, uma satisfação que advém do ato de fazer a diferença na vida de alguém.

Ao adotar a bondade como princípio, você melhora o mundo ao seu redor, bem como enriquece sua própria narrativa. Cada gesto reverbera, criando uma cadeia de impactos positivos que se estendem muito além do que podemos ver.

Portanto, meu filho, espero que você possa encontrar alegria nas coisas simples, valorizar a saúde e os momentos compartilhados com aqueles que ama e que possa cultivar a solidariedade como uma das maiores virtudes. Que perseguir sua felicidade seja uma ação rica em significado e propósito e que, através de suas escolhas, você contribua para um mundo mais justo e amoroso. Este é o legado que desejo deixar para você: um legado de amor, compreensão e compaixão.

A verdadeira prosperidade reside no coração, não na sua conta bancária.

Com todo o amor,
de pai para filho.

CARTA 5:

A humildade

A humildade é a escada para o sucesso; cada degrau, um passo para longe da arrogância e para perto da sabedoria.

Meu querido filho,

A humildade e a gentileza são valores que desejo profundamente que façam parte da sua existência, pois, em um mundo muitas vezes individualista e competitivo, são qualidades que mostram o caminho para bons relacionamentos e abrem portas inesperadas, enriquecendo sua vida de formas que talvez ainda não consiga imaginar.

Durante minha carreira, vivenciei inúmeras situações, estive em diferentes lugares, realizei vários cursos e cumpri diversas missões no Brasil e no exterior. Em cada uma dessas atividades, fiz amigos valiosos, pessoas de variadas áreas e habilidades, que, até hoje, a uma ligação ou mensagem, estão prontas para me ajudar. Isso, meu filho, é o resultado de sempre escolher ser gentil e, acima de tudo, manter-me humilde.

Ser humilde não significa se ver como inferior aos outros, mas reconhecer nossa humanidade, nossos erros e limitações. Não sabemos tudo. É entender que a ajuda mútua é essencial e que, por mais que cresçamos, profissional ou pessoalmente, sempre haverá algo novo a aprender com os outros. Um homem isolado, sem amigos, dificilmente prosperará.

Uma estratégia que aprendi ser fundamental para a prosperidade é a formação de uma *mastermind*, um conceito popularizado por Napoleon Hill, escritor americano do século XX, autor do best-seller *Quem pensa enriquece*. Ao unirmos nossas forças e habilidades com as de outras pessoas que nos complementam, nós nos aproximamos do sucesso. Isso não beneficia apenas nossas finanças; isso nos ajuda a alcançar projetos pessoais e profissionais de qualquer natureza.

Vou compartilhar contigo um exemplo pessoal: uma das maiores provas intelectuais que enfrentei na minha carreira foi o exame de ingresso para o Curso de Comando e Estado-Maior. Esse processo seletivo é composto por duas avaliações, uma de história e outra de geografia — ambas demandavam a elaboração de duas respostas discursivas extensas, exigindo, do candidato, análise aprofundada e capacidade de interligar múltiplos temas. Cada uma resultava em aproximadamente dez páginas de texto. Minhas habilidades sempre se inclinaram mais para as ciências exatas, deixando-me em desvantagem nas áreas de história e geografia, o que me levou a reconhecer a necessidade de me dedicar intensamente aos estudos e ir atrás de apoio. Com esse propósito, me juntei a um grupo de amigos que compartilhavam do mesmo interesse. Nós nos dedicamos a estudar juntos todos os dias, discutindo os temas, auxiliando uns aos outros com resumos e enfatizando os pontos cruciais de cada matéria. Felizmente, esta estratégia coletiva culminou em vitória, e fui aprovado no meu primeiro concurso.

Por outro lado, observei colegas (alguns dos quais se destacaram intelectualmente na Academia Militar) optarem por estudar isoladamente, confiando em sua prévia base de conhecimento nesses assuntos, sem integrar nenhum grupo de estudos. O que aconteceu? A provável falta de humildade em reconhecer suas limitações resultou na necessidade de várias tentativas para passar no exame. Este cenário ilustra o valor inestimável de unir forças; um princípio que se aplica não apenas aos estudos, mas à vida como um todo.

Um lema que herdei dos precursores paraquedistas, e que incorporo em todos os aspectos da minha vida, é o seguinte: "Nenhum de nós é tão bom quanto todos nós juntos". Esse lema transcende a mera noção de união; ele ressalta a dedicação e a responsabilidade mútua entre os membros de uma equipe. No contexto paraquedista, essa confiança é palpável: o precursor deposita sua vida nas mãos de seu auxiliar, que provê a segurança antes do salto, ajustando o necessário na porta da aeronave. Da mesma maneira, o auxiliar confia no precursor para efetuar o lançamento no ponto exato, garantindo que todos possam sair da aeronave sem perigo. Esse nível de comprometimento mútuo é raro de encontrar hoje em dia. Quando um executivo consegue cultivar esse espírito de equipe dentro de sua empresa ou quando um pai o fomenta, em seu lar, o caminho para a prosperidade torna-se inevitável.

Outro conselho que lhe dou é que seja sempre humilde para reconhecer espaço para melhoria, não importa em que momento da vida você esteja. Solicitar a opinião de um amigo sobre um trabalho pode revelar perspectivas que você não havia considerado, melhorando significativamente o resultado.

Adote uma mentalidade de aprendizagem contínua e de contribuição ativa no seu relacionamento com as pessoas. Reconheça que cada pessoa está em uma etapa diferente de uma jornada única. Extraia lições valiosas daqueles que já acumularam milhas de experiência e, com igual disposição, estenda a mão para apoiar os que estão apenas começando. Veja cada encontro como uma preciosa chance de aprender e compartilhar conhecimento; essa é a essência para evoluir em sua própria vida e para enriquecer, de forma significativa, as pessoas ao seu redor.

Além disso, abrace a diversidade de pensamentos e experiências como uma fonte inesgotável de crescimento. A riqueza do conhecimento humano se encontra na multiplicidade de suas vozes e na profundidade de suas histórias. Ao se abrir para novas perspectivas, você amplia seu próprio entendimento do mundo e contribui para um ambiente mais inclusivo e empático.

Não subestime o poder de uma mente curiosa e de um coração disposto a ajudar. Em muitos casos, a orientação e o apoio que você oferece podem ser o impulso que alguém precisava. E, ao mesmo tempo, cada pessoa que você ajuda pode se tornar uma fonte de inspiração e conhecimento, trazendo *insights* que você jamais teria considerado.

Lembre-se de que a experiência é um ciclo virtuoso: quanto mais você compartilha, mais recebe. Portanto, faça do diálogo e da troca honesta de ideias os pilares da sua trajetória. Cultive relações baseadas na confiança, no respeito mútuo e na generosidade intelectual.

A humildade em reconhecer que nossa perspectiva pode não ser a mais acertada é a base para a maturidade emocional e intelectual. A abertura para considerar visões contrárias não apenas amplia nosso entendimento do mundo, mas também nos enriquece internamente. Frequentemente estamos tão imersos em nossas ideologias e conceitos preestabelecidos, tão arraigados em estereótipos sobre determinados grupos ou indivíduos, que nossa capacidade de perceber a totalidade do nosso ambiente é obscurecida. Essa visão limitada pode nos levar a construir uma realidade distorcida, aumentando o risco de agirmos de maneira injusta.

A humildade nos ensina que, não importa quão alto possamos ascender ou quão longe possamos chegar, somos todos aprendizes na escola da vida, eternamente perseguindo conhecimento, compreensão e conexão. Ela nos permite ver além de nós mesmos, reconhecer o valor inestimável de cada ser humano e aprender com as infinitas histórias que cruzam nosso caminho.

Meu filho, espero que você acolha a humildade não apenas como um princípio, mas como um modo de vida; que ela guie suas ações e suas interações, permitindo-lhe cultivar relacionamentos significativos. Que você sempre tenha a sabedoria de ouvir tanto quanto fala, de ensinar tanto quanto aprende e de oferecer sua mão tanto quanto necessita de apoio. Que a humildade seja sua eterna companheira, enriquecendo sua vida com verdadeira compreensão, compaixão e amor. Lembre-se, meu querido, que, no coração da humildade, reside a verdadeira grandeza. E é nesse espaço de abertura e vulnerabilidade que encontramos nossa força mais autêntica e nossa conexão mais profunda com o mundo ao nosso redor.

Com todo o amor,
de pai para filho.

CARTA 6:

A assertividade

*A verdadeira força reside
na coragem de dizer "não"
com a mesma facilidade
com que se diz "sim".*

Meu querido filho,

A assertividade é frequentemente mal interpretada como uma licença para sermos agressivos ou dominadores. No entanto, verdadeiramente, ser assertivo significa comunicar nossas necessidades, desejos e opiniões de maneira clara e respeitosa, levando em consideração também os direitos e as opiniões dos outros. É um equilíbrio delicado entre a passividade e a agressividade, um meio-termo entre o respeito mútuo e a compreensão.

Agora, quando combinamos a assertividade com o essencialismo, que é a arte de discernir o mais vital e eliminar o restante, temos uma poderosa filosofia de vida. O essencialismo tem a ver com fazermos as coisas certas. É escolhermos participar apenas de atividades alinhadas com nossos valores mais profundos e nossas verdadeiras paixões. Em essência, viver de forma assertiva.

Ao longo da vida, somos confrontados com inúmeras opções e oportunidades. Algumas podem parecer atraentes à primeira vista, mas nem todas estarão alinhadas com os nossos valores fundamentais ou contribuirão para a nossa missão de vida. Aqui reside a importância de ser assertivo na prática do essencialismo. Você deve aprender a dizer *não* às demandas que não se alinham com o seu propósito essencial.

Quantas vezes, em meio às nossas atividades cotidianas, enquanto estamos profundamente envolvidos e focados, somos interrompidos por um amigo que entra na sala desejando conversar, ou até mesmo nos convida para um almoço descontraído, e não temos a coragem de recusar?

Quantas vezes iniciamos uma dieta, e, ao primeiro convite para uma rodada de cerveja, nos falta a determinação de dizer que *não será possível, pois temos um objetivo a alcançar*? É verdade que todo ser humano necessita de momentos de lazer e descontração, pois a ausência deles pode até prejudicar a saúde. No entanto, é essencial ter cautela, para que distrações desenfreadas não desviem nossa atenção das metas que estabelecemos.

Cada escolha implica uma renúncia, e a verdadeira sabedoria reside em discernir o que é mais significativo para você naquele instante, tendo plena consciência do seu propósito. A partir desse entendimento, é essencial tomar decisões que estejam em harmonia com esse propósito, agindo com coragem e independentemente das opiniões alheias, pois você possui planos grandiosos a serem realizados. É fundamental aprender a adotar uma postura estoica.

No entanto, cada situação é uma chance de praticarmos a habilidade de comunicar nossas necessidades e nossos limites com gentileza e assertividade. Dizer *não* pode ser entendido como uma expressão de sinceridade sobre nossas prioridades atuais, ao invés de um ato de rejeição. Assim, também fortalecemos nossos relacionamentos através da honestidade e do respeito mútuo.

Ser assertivo na prática do essencialismo requer a habilidade de tomar decisões desafiadoras. Frequentemente, as alternativas que deixamos de lado possuem seu próprio valor; contudo, o essencialista reconhece que somente o ótimo é suficientemente bom. Assim, meu filho, eu te incentivo a desenvolver a bravura necessária para enfrentar essas escolhas árduas, compreendendo que cada vez que você diz *não* a algo de menor importância está, de fato, afirmando um *sim* mais significativo e poderoso para o que é verdadeiramente essencial na sua vida.

Por exemplo: ao decidir dedicar-me à escrita deste livro, para você, enfrentei a necessidade de fazer escolhas deliberadas, optando por renunciar a várias outras atividades, incluindo momentos preciosos de descanso e lazer. Isso porque, naquele momento específico, a minha prioridade absoluta era a conclusão deste trabalho, um reflexo claro da filosofia essencialista de que devemos concentrar nossos esforços e nosso tempo naquilo que consideramos mais significativo.

Muitas pessoas têm dificuldade em recusar pedidos, por medo de desagradar ou de serem vistas como egoístas. No entanto, dizer *não* quando algo não está alinhado com seus valores ou necessidades é essencial para manter sua integridade e seus limites pessoais. Pratique formas de recusar pedidos que sejam honestas e gentis, mas que deixem claro que sua decisão é definitiva. Não hesite em colocar suas prioridades em primeiro lugar.

Além disso, a assertividade envolve também a capacidade de pedir o que você quer (ou precisa) de forma clara. Isso significa ser específico, explicar por que é importante para você e, se possível, sugerir maneiras de como ser atendido. Isso aumenta as chances de você ter suas necessidades atendidas e promove uma comunicação clara, objetiva e transparente.

Para praticar a assertividade de forma eficaz, é importante desenvolver habilidades de comunicação. Uma técnica útil é a Comunicação Não Violenta (CNV), desenvolvida pelo psicólogo americano Marshall B. Rosenberg na década de 1960, que enfatiza a expressão clara de como você se sente e do que você precisa, sem culpar ou criticar os outros.

Isso envolve quatro componentes principais: observar sem avaliar, expressar sentimentos, expressar necessidades e fazer pedidos claros. Por exemplo: se vejo que você não está indo bem nos estudos e isso me incomoda, posso conversar com você da seguinte maneira:

— Filho, tenho observado que suas notas na escola estão abaixo da média [observação], e isso tem me deixado chateado [sentimento]. Tenho feito um esforço tremendo para pagar a mensalidade da escola e precisaria que você se dedicasse mais aos estudos [necessidade]. Que tal diminuir o tempo de videogame e reservar uma hora do dia para estudo em casa, até que seu rendimento melhore [pedido]?

Ao se comunicar desse modo, você evita mal-entendidos e conflitos, promovendo um diálogo aberto e respeitoso.

Imagine, agora, que você está à frente de um projeto crucial na empresa onde trabalha, mas logo percebe que o orçamento disponibilizado é insuficiente para a magnitude do que precisa ser realizado. Nesse momento, a maneira como você se expressa, ao solicitar recursos adicionais, pode definir o sucesso ou o fracasso de sua empreitada.

Você poderia, de forma simplista, dirigir-se ao seu superior com um pedido bruto e direto: "Precisamos de mais dinheiro, ou o projeto não vai sair". Essa abordagem, embora honesta, carece de profundidade e não oferece uma visão clara do porquê dessa necessidade adicional de recursos ser crucial. Falta-lhe uma estrutura que demonstre análise e consideração pelas limitações e finalidades da empresa. Por outro lado, imagine que você opte por uma abordagem mais refinada e detalhada:

— Compreendo a importância deste projeto para a nossa empresa e, após uma análise cuidadosa, identifiquei que será necessário ajustar o orçamento, para assegurarmos a qualidade e o cumprimento dos objetivos estipulados. Um acréscimo de × reais [especificar necessidades] permitirá nosso êxito. Estou aberto à discussão de possíveis soluções para fazermos este ajuste de forma viável para a empresa.

Essa maneira de comunicar não apenas mostra sua preocupação com o êxito do projeto, mas também evidencia seu comprometimento em encontrar soluções que se alinhem às possibilidades da organização.

Essa diferença na forma de se comunicar, meu filho, é fundamental. Ela demonstra não somente respeito pelo processo decisório dentro da empresa, como sua habilidade de pensar estrategicamente, considerando todos os aspectos envolvidos. É com essa postura que você deve enfrentar os desafios, não só no ambiente profissional, mas em todas as áreas da sua vida.

Por fim, a prática da assertividade requer a disposição para enfrentar possíveis desconfortos e situações potencialmente conflituosas. No entanto, lembre-se de que a assertividade não é importante pela chance de ganhar, mas pela de expressar suas verdades de forma honesta e respeitosa. Com o tempo e a prática ela se tornará uma segunda natureza, permitindo-lhe viver de maneira mais autêntica e satisfatória.

Ser assertivo não é uma habilidade que se desenvolva da noite para o dia; é um processo contínuo. Comece com pequenos passos, pratique regularmente e, acima de tudo, seja gentil consigo mesmo ao longo desse processo. Ao fazer isso, você estará não apenas melhorando sua capacidade de ser assertivo, mas também construindo uma vida mais autêntica e alinhada com seus valores mais enraizados.

Quero que saiba, meu filho, que viver de acordo com o essencialismo assertivo não é fácil; requer firmeza, foco e, acima de tudo, uma compreensão profunda de quem se é e do que realmente deseja da vida. Mas acredite em mim quando digo que os frutos são imensuravelmente gratificantes. Ao escolher viver uma vida focada no essencial, encontrará uma clareza, uma paz e uma realização que poucos conhecem.

Com todo o amor,
de pai para filho.

CARTA 7:

A disciplina

*A disciplina é essencial
para transformar objetivos
em conquistas.*

Meu querido filho,

A disciplina me foi incutida com uma intensidade e uma profundidade inigualáveis durante os anos desafiadores da minha formação militar. Ela se ergue, lado a lado com a hierarquia, como um dos pilares fundamentais sobre os quais as Forças Armadas se apoiam firmemente. Esse atributo, forjado nas exigências e no rigor da vida militar, cresceu dentro de mim, tornando-se uma parte inseparável de quem sou, iluminando cada caminho que trilhei desde então. Para aqueles que pretendem a excelência, em qualquer esfera da vida, a disciplina transcende a mera importância; revela-se como um elemento absolutamente essencial, o solo fértil no qual as sementes dos sonhos podem germinar e florescer.

A verdadeira essência da disciplina reside na capacidade de fazer o que precisa ser feito, mesmo quando não há vontade. Como seres humanos, temos uma tendência natural a buscar a comodidade. A disciplina é a força que me permite romper com a zona de conforto, empurrando-me em direção a metas maiores, mesmo sabendo dos desafios e inquietações que isso possa acarretar.

Procure sempre manter a chama da motivação acesa; porém, lembre-se de que ela, por si só, não é perene. Ela é como a faísca inicial, o estímulo primordial em um ciclo virtuoso de hábitos destinado a alcançar seus sonhos mais distantes; um lampejo que revela o caminho para feitos notáveis. Ela murmura: "Este é o instante de agir, de dar forma ao inalcançável". Contudo, essa faísca, embora inspiradora, carece da força necessária para sustentar um trajeto longo.

Aqui, a disciplina se destaca como o pilar fundamental, em conexão vitalícia com os hábitos, assegurando a persistência do esforço — impulso que alimenta a chama; ferramenta que transmuta a transitoriedade da motivação em conquistas perenes; alicerce que faz com que sonhos efêmeros se materializem em realidades sólidas.

O verdadeiro segredo para uma história de triunfos não se encontra apenas no fascínio pelo destino, mas no desenrolar de um vínculo sólido com o percurso, valorizando a gratificação e o propósito em cada passo, encontrando beleza nas práticas cotidianas e refinando a capacidade de perseverar com uma determinação inquebrantável (mantendo-se sempre focado no seu objetivo).

A sinergia entre motivação e disciplina é a força catalisadora de mudança, aquela que transforma o comum em excepcional, traçando a rota para a excelência por meio da consolidação de hábitos.

No livro *Arrume a sua cama*, o almirante americano William H. McRaven, conhecido por liderar a operação que culminou na eliminação de Osama bin Laden, líder da Al-Qaeda, destaca a importância de gestos simples de disciplina e coragem. Ele argumenta que ações cotidianas como o simples ato de arrumar a cama, ao acordar, possuem o poder de mudar o mundo e nos conduzir ao cumprimento de grandes feitos.

Quando você cede à tentação de apertar o botão de soneca do despertador para ganhar mais alguns minutos de sono, você começa o dia já em desvantagem consigo mesmo. A chave para atingir novos níveis reside na disciplina aplicada às pequenas ações cotidianas. Significa levantar-se assim que o alarme dispara, arrumar a cama, manter seu espaço de vida organizado, adotar uma rotina de exercícios físicos, alimentar-se de forma saudável, estabelecer hábitos positivos e seguir fielmente sua programação diária. A prática constante dessas ações — sem dúvida alguma — renderá frutos significativos.

Disciplina vai além de simplesmente realizar as tarefas necessárias; ela envolve a persistência e a continuidade dessas ações no tempo, até que os resultados esperados sejam atingidos. Muitos almejam um corpo atlético e conhecem os meios para consegui-lo; contudo, são raros os que possuem a disciplina necessária para atingir tal objetivo.

A rotina diária de um atleta de elite ou de um empresário vitorioso pode não ter o glamour ou a emoção tipicamente retratada em filmes de Hollywood, devido à sua natureza repetitiva e monótona. No entanto, são justamente a consistência e a dedicação às mesmas tarefas, todos os dias, que os levam a alcançar resultados extraordinários.

Durante minha formação na Academia Militar das Agulhas Negras, vivenciei uma rotina rigorosa e meticulosamente planejada, característica dos meus anos como cadete. Nossos dias começavam bem cedo, com a limpeza do apartamento e meticuloso arrumo da cama, preparando-nos para o dia, com uniformes impecáveis e sapatos brilhantes. Após o café da manhã, nos alinhávamos para a formatura matinal, antes de prosseguir para as aulas, que ocupavam a maior parte do nosso dia, até o almoço. Uma segunda formatura marcava o intervalo, antes de retornarmos às aulas da tarde. A rotina diária incluía também sessões de educação física no meio da tarde, seguidas por um jantar e uma formatura noturna, conhecida como pernoite, antes de, finalmente, termos nosso tempo livre. Exceto durante semanas dedicadas a exercícios no terreno ou atividades específicas, esta era a rotina que se repetia na maioria dos dias, ao longo dos quatro anos de curso. Era nesse ambiente de rigidez de conduta que cultivávamos qualidades fundamentais para a carreira militar.

A disciplina nos ensina a ter paciência, a esperar o momento certo para agir e a compreender que todo grande projeto demanda tempo e dedicação contínua. Recordo-me vividamente dos extensivos dias e noites em exercícios no terreno, onde cada prova, por mais difícil que fosse, servia ao plano de fortalecer o físico, a mente e o espírito. É essa capacidade de persistir e resistir que nos ajuda a superar aquilo que, inicialmente, parecia insuperável.

Além disso, a disciplina tem o poder de transformar nossas vidas de maneira notável. Ela nos permite estabelecer e manter hábitos que são fundamentais para alcançar nossos alvos mais ambiciosos. Por exemplo: pessoalmente, sempre lutei com o hábito da leitura; era uma atividade que não só me desinteressava, como também me causava desconforto; a ponto de me sentir sonolento após apenas alguns minutos de tentativa. Decidi, então, dedicar uma hora diária exclusivamente à leitura. Independentemente do tamanho do meu desejo, comprometi-me a ler todos os dias, uma hora antes de dormir. Se o sono chegasse, eu continuaria lendo em pé, mas jamais abriria mão desse compromisso. O primeiro mês foi particularmente penoso, enquanto meu corpo se ajustava à nova rotina. Contudo, com o tempo, a leitura tornou-se parte do meu dia a dia, evoluindo para um hábito tão enraizado que sinto algo me faltar se não leio. Essa mesma abordagem pode ser aplicada a outras áreas da vida, como a prática de exercícios físicos, de um novo idioma ou de um instrumento musical.

No Exército, aprendi que disciplina e sacrifício estão interligados. Muitas vezes, tivemos que renunciar a confortos pessoais, momentos com a família e interesses individuais, em prol de um bem maior. Não se trata de uma restrição à nossa liberdade, mas de uma ferramenta que nos permite gerir nosso tempo e recursos de maneira eficaz, garantindo que possamos alcançar nossos sonhos. Entretanto, não deve ser confundida com rigidez inflexível.

Na vida castrense, aprendemos a nos adaptar a situações inesperadas, a tomar decisões sob pressão e a mudar de curso quando necessário. Isso requer uma mente treinada, capaz de avaliar, rapidamente, as circunstâncias — e agir de acordo com elas. A verdadeira disciplina envolve flexibilidade e capacidade de improvisar, mantendo-se fiel aos seus princípios e fins.

Para cada meta que você se propõe, é vital desenvolver um plano de ação minucioso, destacando claramente os momentos específicos, os locais, as pessoas envolvidas e as metodologias para alcançar cada etapa. A chave para transformá-la em realidade reside na aplicação rigorosa da disciplina, traduzindo intenções em ações concretas, através de rotinas consistentes. É fundamental deixar de lado qualquer tendência à procrastinação, adotando, em vez disso, uma postura de excelência constante, de um desempenho que supere as expectativas. Essa abordagem estabelece um ciclo irrepreensível de reforço positivo, onde cada tarefa bem concluída pavimenta o caminho para a próxima. Assim, o sucesso deixa de ser uma mera possibilidade e se transforma em uma consequência direta, bem ao seu alcance.

Por fim, meu filho, quero que entenda que a disciplina é um ato de amor-próprio. Ela nos permite honrar nossos compromissos conosco e com os outros, construir uma vida de integridade e contribuir positivamente para o mundo ao nosso redor. No Exército, aprendi que um líder disciplinado não apenas motiva respeito, mas também inspira aqueles à sua volta em suas melhores versões.

A disciplina é uma companheira constante que, se bem compreendida e aplicada, abrirá caminhos para realizações além de sua imaginação. Que você possa tê-la não como um fardo, mas como uma aliada que ilumina o caminho para o sucesso e a satisfação pessoal.

Com todo o amor,
de pai para filho.

CARTA 8:

O lazer

*Não deixe que a busca
pelo sucesso o faça
esquecer da importância
de aproveitar a jornada.*

Meu querido filho,

Hoje, quero falar com você sobre um tema que, muitas vezes, acaba sendo deixado de lado, em meio à correria do dia a dia: o lazer. Vivemos em uma sociedade que valoriza a produtividade acima de tudo, onde a glória é medida pela quantidade de horas trabalhadas e pelos resultados obtidos. No entanto, é fundamental lembrar que ele desempenha um papel igualmente importante em nossas vidas.

O lazer não é apenas descanso ou o não fazer nada. É um tempo precioso que dedicamos a atividades que nos trazem alegria, que nos permitem explorar nossos interesses e que nos ajudam a recarregar as energias, fazendo-nos encontrar o equilíbrio necessário no cotidiano e para manter nossa saúde física e mental em dia.

Infelizmente, muitas pessoas acabam negligenciando o lazer em prol de produtividade e resultados. Elas acreditam que, ao dedicar todo o seu tempo ao trabalho ou aos estudos, estão trilhando o caminho para o sucesso. No entanto, essa abordagem pode ser contraproducente a longo prazo. Quando nos privamos de momentos de descontração e diversão, acabamos acumulando estresse, ansiedade e, até mesmo, problemas de saúde.

É por isso que quero enfatizar a importância de encontrar equilíbrio entre o trabalho e o lazer. Não se trata de ser preguiçoso ou de evitar responsabilidades, mas sim de entender que o descanso é tão importante quanto o esforço — e estaremos, na verdade, investindo em nossa capacidade de sermos mais produtivos e criativos em outras áreas da vida.

Pense em momentos em que você se sentiu sobrecarregado ou estressado com as demandas cotidianas. Provavelmente, sua capacidade de concentração e sua disposição estavam comprometidas. Agora, lembre-se de momentos em que você tirou um tempo para fazer algo de que realmente gosta, seja praticar um esporte, ler um livro, assistir a um filme ou passar algumas horas com amigos e familiares.

Como você se sentiu depois desses momentos de lazer? Provavelmente, mais revigorado, mais criativo e mais preparado para enfrentar os desafios que estavam por vir. Isso acontece porque a pausa necessária na rotina, permite que nossa mente e nosso corpo se recuperem do desgaste diário. Além disso, ao nos envolvermos em atividades prazerosas, estimulamos a liberação de hormônios como a serotonina e a dopamina, que são responsáveis pela sensação de bem-estar e felicidade. Esses momentos de alegria e descontração são essenciais para nossa saúde emocional e capacidade de lidar com o estresse.

Outro aspecto importante do lazer é proporcionar a conexão com pessoas queridas e o fortalecimento dos nossos relacionamentos. Seja em um passeio em família, em uma conversa descontraída com amigos ou em uma atividade em grupo, criamos e aprofundamos laços afetivos. Esses momentos de conexão são fundamentais para nosso bem-estar e nossa felicidade a longo prazo. Além disso, temos a chance de explorar novos interesses e descobrir paixões. Quando nos permitimos experimentar coisas novas, seja um hobby, um esporte diferente ou uma atividade criativa, estamos expandindo nossos horizontes e nos desafiando a crescer. Esses momentos de descoberta podem ser incrivelmente enriquecedores, levando-nos a caminhos inesperados e gratificantes.

No entanto, sei que pode ser difícil encontrar tempo para o lazer. É aí que a tecnologia pode ser nossa aliada. Com tantas ferramentas e recursos disponíveis, podemos otimizar nosso tempo e nossas tarefas, liberando espaço em nossa agenda para atividades prazerosas.

Nesse contexto, a inteligência artificial (IA) emerge como uma força transformadora, ampliando ainda mais nossa capacidade de sermos produtivos. Ferramentas alimentadas por IA, como assistentes virtuais, podem gerenciar nossos compromissos, filtrar e-mails importantes e até mesmo automatizar tarefas repetitivas, liberando um tempo valioso. Além disso, sistemas de IA aplicados à gestão de projetos podem otimizar fluxos de trabalho, identificando gargalos e sugerindo ajustes em tempo real, o que eleva a eficiência a níveis antes inimagináveis. Isso não só acelera a conclusão de tarefas, mas também melhora a qualidade do nosso trabalho, permitindo um aprofundamento maior em atividades que requerem um pensamento crítico e criativo. Com a IA cuidando das tarefas mais mecânicas e tediosas, ganhamos não somente mais tempo, como também mais energia mental para desfrutá-lo de forma plena. Assim, a inteligência artificial não é apenas uma ferramenta para aumentar a produtividade, ela é uma catalisadora para uma vida mais equilibrada, onde trabalho, estudo e lazer coexistam de maneira harmoniosa, permitindo-nos cultivar um bem-estar integral.

Não precisa ser algo grandioso ou elaborado. Muitas vezes, é nas pequenas coisas que encontramos a maior alegria: um pôr do sol, admirado com calma; uma xícara de café, saboreada sem pressa; um abraço apertado em alguém que amamos; ouvir uma música adorável; assistir a um filme interessante... São esses momentos simples que tornam a vida mais feliz e significativa.

Na vida militar, como você bem sabe, os dias são marcados por rigor, disciplina e, muitas vezes, por combates que testam nossa força física e nosso espírito. No entanto, havia um momento na semana que todos nós, independentemente de posto ou graduação, esperávamos com grande antecipação: era uma pausa na rotina intensa, um momento de camaradagem e descontração.

Nas sextas-feiras, sempre que possível, após dias a fio de exercícios e missões, nossa unidade se congregava no campo de futebol. O propósito do jogo transcendia a habilidade individual ou o desejo de vitória: o importante era a união; era compartilhar risadas em cada jogada malsucedida e celebrar cada acerto como se fosse um gol decisivo em uma final de Copa do Mundo. Havia uma magia naqueles encontros, algo que nos aproximava ainda mais.

E, após o jogo, vinha o churrasco. O cheiro da carne assando sinalizava o começo do descanso de fim de semana, enquanto compartilhávamos histórias ao redor da churrasqueira. Essas reuniões semanais eram verdadeiras lições de integração e amizade. Elas nos ensinavam que, para superar adversidades, seja em combate ou na vida, a interdependência é essencial.

O futebol e o churrasco de sexta-feira revelavam que, além de bravura e determinação, o respeito mútuo e a amizade são pilares para a construção de um grupo unido e forte. Esse é um exemplo de como o lazer pode ser um veículo para fortalecer laços em qualquer contexto, militar ou civil. Sempre que houver maturidade entre os envolvidos, o impacto será positivo.

Quero que você, meu filho, aprenda a valorizar o equilíbrio em sua vida. Empenhe-se na realização dos seus sonhos e de suas metas, mas nunca negligencie a importância do descanso. Reserve momentos para fazer o que gosta, para estar com quem ama e para cuidar de si. A vida é valiosa, e o prazer é um componente crucial dessa viagem.

Como seu pai, eu me comprometo a ser um exemplo nesse sentido. Quero estar presente em sua vida em todos os momentos, incluindo os de descontração e alegria. Vamos criar memórias juntos, explorar o mundo e aproveitar cada instante desta aventura que é a vida. O tempo passa rápido demais, e não quero perder nenhum momento ao seu lado.

Então, meu filho, incorpore o lazer em sua vida. Permita-se descansar, sonhar e se divertir. Encontre alegria nas pequenas coisas e valorize os momentos de pausa. Equilibre suas responsabilidades com instantes de prazer e satisfação. E, acima de tudo, viva uma vida plena, repleta de propósito, amor e felicidade.

Com todo o amor,
de pai para filho.

CARTA 9:

As finanças

*Invista em seu futuro, ele é
o seu bem mais precioso.*

Meu querido filho,

As finanças desempenham um papel crucial em nossas vidas, e aprender a gerenciá-las de forma responsável é um dos maiores presentes que você pode dar a si mesmo. A independência financeira não é apenas acumular riquezas, mas ter a liberdade para tomar decisões baseadas em seus valores e aspirações, em vez de ser controlado por preocupações monetárias.

Minha trajetória começou sob as asas da disciplina e da previsibilidade que a vida militar me proporcionou. Como você sabe, a carreira de um militar é marcada por uma estabilidade salarial que, embora privilegiada, também impõe seus limites. Desde cedo, percebi que, se quisesse proporcionar à minha família uma qualidade de vida além daquela estritamente delineada pelo meu salário, precisaria explorar outros caminhos. A resposta, descobri, estava na constância de poupar e na sabedoria de investir.

A decisão de começar a poupar e investir desde cedo foi um divisor de águas em nossa vida. Não foi uma tarefa fácil, especialmente considerando as tentações de consumo imediato que, frequentemente, cruzavam nosso caminho. No entanto, armado com a disciplina forjada na vida militar, apliquei os mesmos princípios à gestão do nosso dinheiro. A cada mês, uma parte do meu salário era destinada a poupanças e investimentos, mesmo quando isso significava sacrificar pequenos prazeres momentâneos em favor de um futuro mais próspero.

Essa estratégia não apenas nos permitiu construir um patrimônio sólido ao longo dos anos, mas também nos ensinou uma lição valiosa. Na vida militar, nossa dedicação é integral, e as oportunidades de aumentar a renda ativa são limitadas. Então, descobrir fontes de renda passiva tornou-se uma questão de necessidade e visão de futuro. Foi essa compreensão que nos proporcionou uma qualidade de vida que, de outra forma, poderia ter sido apenas um sonho distante.

Compartilho esta história contigo, meu filho, como um testemunho da força da previsão e da importância de começar cedo. À medida que avança na sua própria jornada, quero que saiba que a disciplina financeira é uma das formas mais importantes para a conquista de liberdade. E é com grande convicção que lhe digo estas palavras, desejando que elas sirvam de guia na construção de uma vida financeiramente sábia e abundantemente rica.

Ao embarcarmos nesta discussão sobre finanças, é fundamental começarmos pelo básico, pelo alicerce de toda a gestão: o valor do dinheiro. Muitos o veem simplesmente como um meio para adquirir bens e serviços, uma moeda de troca que nos permite satisfazer nossas necessidades e desejos. No entanto, essa visão, embora correta, é limitada. O dinheiro é muito mais do que isso; é um recurso precioso que, se bem administrado, oferece liberdade e abre um leque de situações inimagináveis.

Morgan Housel, um autor que admiro profundamente por sua sabedoria em finanças pessoais, em seu livro *A Psicologia Financeira: lições de vida sobre riqueza, ganância e felicidade*, diz que o dinheiro tem um valor imenso não porque pode comprar coisas, mas porque pode comprar tempo. Essa perspectiva é reveladora. O dinheiro, na verdade, compra a liberdade para escolhermos como queremos gastar nosso tempo — seja investindo em nossas paixões, dedicando-nos à família ou explorando o mundo. Ele nos permite viver de acordo com nossos próprios termos, longe das amarras da necessidade constante.

Entender o valor do dinheiro sob essa luz muda tudo. Deixamos de considerá-lo apenas um meio para um fim, para vê-lo se transformar em um instrumento de poder pessoal. Com dinheiro, podemos garantir nosso sustento e ainda investir em experiências que nos enriquecem a alma e nas causas em que acreditamos. Ele nos dá a capacidade de fazer escolhas — escolhas que definem a qualidade de nossa vida.

Mas, para que o dinheiro possa realmente servir a esses planos elevados, é preciso mais do que simplesmente possuí-lo; é necessário saber geri-lo com sabedoria. A gestão financeira prudente é o que nos permite transformar o dinheiro de um recurso finito em uma fonte de oportunidades infinitas. Isso significa aprender a poupar, a investir, a gastar de forma consciente e, acima de tudo, a entender o verdadeiro valor do que temos.

Outro passo essencial é compreender a importância de criar e seguir um orçamento. Imagine o orçamento como o mapa de uma grande expedição, delineando de onde vem seu dinheiro e para onde ele vai, guiando-o da sua situação atual para onde deseja chegar. Um orçamento bem planejado não limita; pelo contrário, ele empodera, dando a você o controle sobre suas finanças, assegurando que suas despesas não ultrapassem suas receitas e que sempre haja margem para poupar e investir.

A economia, por sua vez, é a arte de otimizar seus recursos, fazendo com que cada real seja significativo. Mesmo diante de um orçamento restrito, existem maneiras eficazes de maximizar sua capacidade de economizar. Isso pode começar com ações simples (como revisar e cortar gastos não essenciais), até ajustes nos hábitos cotidianos (como optar por preparar refeições em casa, em vez de gastar em restaurantes). Economizar não é viver de forma austera, mas escolher conscientemente o que favoreça seus objetivos financeiros de longo prazo.

Por fim, chegamos ao conceito de investimento — que é, essencialmente, fazer seu dinheiro trabalhar para você. A beleza do investimento reside nos juros compostos; iniciar cedo, mesmo com quantias modestas, pode resultar em um crescimento substancial do seu patrimônio, ao longo do tempo. Investir é como plantar uma semente que, com cuidado e paciência, germinará e crescerá, fortalecendo sua segurança futura. É crucial familiarizar-se com os fundamentos do investimento, incluindo a diversificação de portfólio (ações, fundos imobiliários, renda fixa, criptomoedas) e a compreensão da sua tolerância ao risco. Lembre-se: não se investe para obter riqueza imediata, mas para construir e preservar riqueza ao longo do tempo.

Continuando neste caminho das finanças pessoais, quero abordar um aspecto fundamental que transcende os números e entra no território do nosso *mindset*: a mentalidade de abundância *versus* a mentalidade de escassez. Esta não é apenas uma questão de otimismo *versus* pessimismo; trata-se de como nossa percepção interna do mundo influencia diretamente as decisões financeiras que tomamos — e, por extensão, a realidade que criamos para nós mesmos.

A mentalidade de escassez nos faz ver o mundo como um lugar de limitações. Ela nos leva a acreditar que os recursos são finitos e que, se alguém ganha, outro inevitavelmente perde. Essa visão pode nos tornar excessivamente cautelosos, temerosos de arriscar e, paradoxalmente, pode nos impedir de reconhecer e aproveitar as oportunidades que surgem. Em contrapartida, a mentalidade de abundância nos abre para a possibilidade de que haja mais do que o suficiente para todos. Ela nos encoraja a ver presentes onde outros veem obstáculos, a investir em nós mesmos e nos outros e a entender que o sucesso financeiro não é um jogo de soma zero.

Cultivar uma mentalidade de abundância é, portanto, essencial para qualquer pessoa que aspire à liberdade financeira. Isso não significa ignorar as limitações reais. Significa escolher focar nas possibilidades, acreditar na capacidade de crescer, de aprender e de expandir os próprios horizontes financeiros.

Para te ajudar a refletir sobre sua própria mentalidade, proponho um exercício prático: dedique um momento para anotar todas as crenças que você tem sobre o dinheiro. Isso pode incluir pensamentos como: "O dinheiro é a raiz de todos os males"; "Nunca serei rico" ou "Investir é arriscado demais para alguém como eu". Uma vez que tenha uma lista, examine cada crença cuidadosamente. Pergunte a si mesmo de onde elas vêm e se realmente são verdadeiras. Desafie cada uma delas, procurando evidências do contrário, em sua vida (ou na vida de pessoas que admire).

Esse exercício refuta crenças negativas e abre espaço para construirmos uma nova narrativa sobre o dinheiro, que esteja alinhada com a abundância e a prosperidade.

É fundamental nos lembrarmos de que a maneira como pensamos sobre o dinheiro pode tanto construir muros como pontes. Ao cultivar uma mentalidade de abundância, você estará mudando sua relação com o dinheiro, capacitando-se a tomar decisões monetárias mais sábias e alinhadas com seus objetivos de longo prazo.

Outro aspecto crítico que pode, muitas vezes, desviar-nos do caminho para a prosperidade são as armadilhas — que requerem atenção e cuidado. Entre as mais comuns e perigosas estão as dívidas e os gastos impulsivos.

As dívidas, quando mal administradas, podem se tornar uma carga esmagadora, limitando nossa capacidade de investir em nosso futuro. A chave para evitar essa armadilha é adotar uma abordagem preventiva, vivendo dentro de nossos meios e resistindo à tentação de gastar além do que podemos pagar. Se a dívida já faz parte da sua realidade, a estratégia mais eficaz é priorizar o pagamento daquelas com as taxas de juros mais altas, enquanto mantém os pagamentos mínimos das demais. Isso não só ajuda a reduzir o custo total dos juros, como também facilita a eliminação progressiva das dívidas. Negociar com os credores por melhores condições de pagamento pode ser outra abordagem valiosa.

Por outro lado, os gastos impulsivos representam uma armadilha financeira que, muitas vezes, é motivada por emoções momentâneas, como a busca por satisfação imediata. Para combater esse impulso, uma técnica eficaz é a regra das 24 horas: para compras significativas, pondere por um dia inteiro. Essa pausa permite que a emoção inicial se dissipe, possibilitando uma avaliação mais racional sobre a necessidade real e o impacto financeiro da aquisição. Além disso, estabelecer um orçamento para gastos discricionários pode criar um limite saudável, permitindo-lhe desfrutar de pequenos prazeres sem comprometer sua situação.

Em meio a esse panorama financeiro, um fenômeno particularmente moderno merece nossa atenção: o FOMO ("*Fear of Missing Out*"), que é o medo de "ficar de fora", de perder alguma coisa — termo criado em 2000 pelo empreendedor e investidor americano Patrick McGinnis. Esse sentimento, exacerbado pelas redes sociais, pode ter um impacto profundo e perigoso em nossas decisões, pois vivemos em uma era de exposição constante a estilos de vida alheios, frequentemente idealizados e compartilhados on-line. Isso pode distorcer nossa percepção de ser bem-sucedido e feliz. Então, o FOMO nos leva a comparar nossas vidas com as dos outros, incessantemente, gerando uma insatisfação crônica e o desejo de acompanhar um padrão de vida muitas vezes inalcançável, ou incompatível com nossa realidade financeira.

Esse fenômeno não apenas alimenta a insatisfação pessoal, mas também nos empurra para decisões precipitadas e arriscadas. A pressão para não ficar de fora pode nos levar a gastar além de nossos meios, investir em modismos de alto risco sem a devida diligência ou adotar comportamentos de consumo impulsivo, tudo por uma aprovação social efêmera. O perigo do FOMO nas finanças reside na sua capacidade de nos desviar do pensamento de longo prazo, substituindo a prudência e o planejamento por decisões impulsivas e de curto prazo.

As redes sociais, com sua natureza imediatista e, muitas vezes, inautêntica, amplificam esse fenômeno, criando uma ilusão de que todos ao nosso redor estão vivendo vidas perfeitas e financeiramente bem-sucedidas. É crucial reconhecer que o que é compartilhado on-line é com frequência uma versão filtrada e idealizada da realidade, raramente refletindo as lutas e os desafios financeiros que todos enfrentamos. Para combater o FOMO, é essencial cultivar uma mentalidade de gratidão pelo que temos, focar nossas próprias metas e reconhecer que a verdadeira riqueza não se mede pelas posses materiais, mas pela satisfação e plenitude que encontramos em nossas vidas.

Ao enfrentar essas armadilhas com sabedoria, precaução e uma dose saudável de autocontrole, você estará não apenas protegendo seu bem-estar financeiro no presente, mas também pavimentando o caminho para um futuro mais seguro e próspero. Lembre-se: cada escolha financeira tem o poder de moldar sua vida, influenciando diretamente em seu destino.

Outro aspecto que não podemos ignorar é o planejamento financeiro para o futuro. Esse planejamento é a bússola que nos guia através das incertezas da vida, permitindo-nos navegar com confiança. A base de um planejamento financeiro sólido repousa sobre dois pilares: a definição de metas de curto e longo prazo e a preparação para emergências.

Definir metas financeiras é o primeiro passo para transformar sonhos em realidade. As metas de curto prazo — como economizar para uma viagem ou comprar um computador — servem como marcos motivacionais que nos incentivam a manter a disciplina no dia a dia. Já as metas de longo prazo — como a aposentadoria ou a compra de uma casa — exigem um comprometimento mais profundo e uma estratégia de investimento bem pensada. Para alcançar essas metas, é essencial começar com um plano claro. Isso pode envolver a definição de quanto dinheiro precisamos economizar regularmente, escolher os investimentos certos para o nosso perfil de risco e ajustar nossos hábitos de consumo para alinhá-los com nossas prioridades financeiras.

Além de definir e perseguir metas, a preparação para emergências é um componente indispensável do planejamento financeiro. A vida é imprevisível, e situações inesperadas (um contratempo de saúde ou a perda de um emprego) podem desestabilizar até mesmo o mais cuidadoso dos planos financeiros. É aqui que entra a importância de ter um fundo de emergência. Esse fundo é uma reserva destinada exclusivamente a cobrir despesas inesperadas, garantindo que, mesmo nos momentos de crise, possamos manter nossa estabilidade sem recorrer a dívidas. Como regra geral, é aconselhável ter um fundo de emergência que cubra de três a seis meses de despesas — um valor que deve ser ajustado de acordo com o nível de segurança que desejamos alcançar.

O planejamento financeiro para o futuro é mais do que apenas números e orçamentos; é uma expressão de nossos valores, sonhos e aspirações. Ao definir metas claras e preparar-nos para o inesperado, estamos não apenas protegendo nosso futuro financeiro, mas também construindo a fundação para uma vida de realizações e segurança incrivelmente recompensadora.

Encorajo você a começar com sabedoria e determinação, sabendo que não estará sozinho. Estarei aqui para oferecer suporte, orientação e, acima de tudo, celebrar cada vitória ao seu lado.

A gestão financeira é uma habilidade que se aprimora com o tempo e a prática. Haverá erros, sem dúvida, mas cada erro traz consigo uma lição valiosa: as escolhas que fizer devem refletir os seus valores, objetivos e aspirações.

Quero que saiba que tenho uma fé inabalável no seu potencial para alcançar a prosperidade financeira. Acredito firmemente na sua capacidade de tomar decisões inteligentes, de enfrentar desafios com coragem e de perseguir os seus sonhos com determinação.

Portanto, meu filho, lembre-se de que o sucesso financeiro é jornada e destino. Celebre as pequenas conquistas tanto quanto os grandes marcos. Mantenha-se fiel aos seus princípios e valores, pois eles serão o seu norte. E, acima de tudo, nunca perca de vista a importância de viver uma vida rica em experiências, pois estas são as verdadeiras medidas da riqueza.

Com todo o amor,
de pai para filho

CARTA 10:

A liderança

*A liderança não é um cargo,
é uma atitude. Não tem a ver
com requisitar o poder para si;
trata-se de dar poder aos outros.*

Meu querido filho,

Dentre todas as cartas que escrevo para você, esta é, sem dúvida, a que me sinto mais preparado e confiante para compartilhar. Desde que ingressei na vida militar, aos dezessete anos, a liderança tem sido um tema constante de meu estudo e crescimento pessoal. Ao longo dos anos, pude estudar, praticar e vivenciar diversas experiências que me moldaram e me tornaram o homem e líder que sou hoje. Com orgulho, posso afirmar que a Academia Militar das Agulhas Negras, instituição onde fui formado, é uma das melhores escolas de liderança do país.

A liderança é uma habilidade essencial para todos aqueles que desejam crescer e prosperar na vida, independentemente da área de atuação. Um pai de família, para cumprir bem o seu papel, precisa liderar seu lar com sabedoria e amor. Um capitão de um time de futebol deve inspirar e guiar sua equipe rumo à vitória. Um tenente, comandante de um pelotão na frente de batalha, tem a responsabilidade de liderar seus soldados para cumprir a missão designada. E um CEO de uma empresa, naturalmente, deve liderar sua equipe para alcançar o êxito nos negócios.

Embora os contextos possam variar, os princípios fundamentais da liderança permanecem os mesmos. É claro que existem diferenças entre a liderança exercida no nível estratégico e no nível operacional, mas a distinção básica reside no grau de poder e influência que o chefe possui em cada situação.

Gostaria de compartilhar uma experiência profissional marcante, na qual exerci minha liderança de forma plena, em uma situação extremamente desafiadora, e da qual tirei lições, com certeza, úteis para você em sua própria jornada.

Era o ano de 2011, e eu, um jovem capitão do Exército, estava servindo em Boa Vista, Roraima, próximo à fronteira com a Venezuela. Minha unidade tinha diversas missões, dentre elas a de combater o garimpo ilegal na região.

O cenário era complicado: devíamos nos infiltrar na selva por dois dias, localizar o escondido garimpo ilegal, desmantelar suas operações e capturar os envolvidos. Mas havia um obstáculo adicional: eu não era o comandante do pelotão que cumpriria a missão, tampouco conhecia quase nenhum integrante da equipe.

Tinha plena consciência de que a liderança efetiva só seria alcançada através do exemplo. Com essa convicção, dediquei-me meticulosamente à preparação, estudando minuciosamente cada aspecto da missão. No dia seguinte, adentrei a selva por meio de uma infiltração de helicóptero, encontrando a tropa na comunidade indígena de Hakoma, nas proximidades da região de Surucucu. Era nessa localidade, inserida na reserva indígena yanomami, que se encontrava o 4º Pelotão Especial de Fronteira, nosso ponto de apoio. A complexidade do ambiente e a importância da missão exigiam, de mim, uma postura rígida e uma liderança inspiradora, características que eu estava determinado a demonstrar.

Até esse momento, o mais antigo integrante era o tenente Nestor, subcomandante do pelotão, jovem e inexperiente mas com excelente preparo físico. Reuni-me com a tropa e com o guia indígena que nos ajudaria a chegar ao garimpo. A caminhada seria árdua: dois dias em meio à selva fechada, com terreno acidentado e condições adversas.

Após o primeiro dia, metade do pelotão, inclusive eu, estava tomando soro fisiológico por desidratação. A situação era crítica, mas encontramos um bom local para pernoitar e recuperar as forças.

No segundo dia, chegamos à região do garimpo perto do anoitecer. Para minha surpresa, o garimpo estava do outro lado de um rio largo, sem possibilidade de travessia a vau. Nesse momento, enfrentei um dilema: sabia que precisávamos cruzar o rio, mas não conhecia as habilidades de natação dos membros do pelotão.

Foi então que avistei algumas canoas do outro lado, sem vigilância. Tomei uma decisão arriscada: chamei o sargento Roger, que havia feito o curso de guerra na selva comigo, um dos poucos que eu conhecia no pelotão, e cruzamos o rio a nado, enquanto o restante aguardava na outra margem.

Logramos aproximar-nos e tomar as embarcações, sem sermos percebidos — e voltamos, para resgatar os demais integrantes da equipe. Na sequência, realizamos a incursão no local de garimpo ilegal, resultando na detenção de onze indivíduos envolvidos, na apreensão de equipamentos e na neutralização dos maquinários utilizados na atividade ilícita. Ademais, apreendemos mais de 100 gramas de ouro extraído de forma ilegal. A área estava em estado de devastação, com uma extensa região desflorestada e o solo contaminado por mercúrio, um agente altamente prejudicial ao meio ambiente, frequentemente empregado nesse tipo de exploração.

A operação foi concluída com êxito, a despeito dos inúmeros obstáculos que se apresentaram, inclusive durante a fase de exfiltração, de retirada. Os detalhes dessa etapa final, repleta de reviravoltas e situações limítrofes, são tão ricos e envolventes que poderiam, por si sós, preencher as páginas de um livro inteiro. Basta dizer que a superação dos desafios encontrados durante a retirada da equipe do terreno hostil foi mais uma prova da resiliência, do treinamento e da coragem dos homens sob o meu comando.

Enfim, enfrentei o desconhecido, tomei decisões difíceis. Confirmei que a liderança se constrói no exemplo, na coragem e na capacidade de nos adaptarmos às circunstâncias. E que, às vezes, é preciso sorte também. Certamente, se tivéssemos sido detectados ao cruzar o rio, o desfecho da história seria outro. E, acima de tudo, descobri que o verdadeiro comandante é aquele que inspira e guia sua equipe, mesmo nos momentos mais desafiadores.

Tive outras experiências interessantes também com a tropa paraquedista. O próprio brado dos precursores paraquedistas é: "Precede, Guia e Lidera!" — ou seja, tem a liderança, na sua essência. No entanto, essa experiência na selva foi tão inusitada, e ao mesmo tempo cheia de ensinamentos, que a escolhi para relatar.

Ao longo do meu caminho, tanto no Exército como na vida pessoal, aprendi e vivenciei diversos princípios que considero essenciais para o exercício efetivo da liderança. Esses princípios têm me guiado, ajudando-me a inspirar e orientar àqueles que lidero.

Agora, quero compartilhar com você esses princípios fundamentais, na esperança de que eles possam servir como um guia valioso para você. Esses princípios não são apenas conceitos abstratos, mas sim pilares que, quando aplicados consistentemente, têm o poder de transformar a maneira como lidera e o impacto que você tem sobre sua equipe.

Um dos princípios mais valiosos que aprendi é a importância da curiosidade e da postura não julgadora. Esses dois elementos são essenciais para criar um ambiente de trabalho saudável e propício ao crescimento e aprendizado do grupo.

A curiosidade é uma característica fundamental para um líder eficaz. Quando você demonstra genuíno interesse em conhecer melhor sua equipe, suas habilidades, desafios e aspirações, você cria um vínculo de confiança e respeito mútuo. Ao fazer perguntas, ouvir atentamente e esforçar-se para compreender as perspectivas de cada indivíduo, você se torna mais capacitado para tomar decisões estratégicas e oferecer o suporte necessário para que todos prosperem.

Além disso, a curiosidade permite que você enxergue as situações de maneira mais ampla e completa. Em vez de tirar conclusões precipitadas, baseadas em informações limitadas, um chefe curioso se esforça para reunir dados, considerar diferentes ângulos e explorar possibilidades, antes de tomar a melhor decisão. Isso também demonstra para o time que você valoriza suas contribuições e está aberto a novas ideias.

Por outro lado, evitar julgamentos precipitados é igualmente crucial. Quando você se abstém de fazer julgamentos imediatos e se concentra em compreender o contexto por trás das ações e dos comportamentos de sua equipe, você cria um ambiente de trabalho mais acolhedor e inclusivo.

As pessoas se sentem mais à vontade para compartilhar suas opiniões, admitir erros e buscar ajuda, quando necessário; sem medo de serem julgadas ou criticadas.

Um exemplo poderoso de como a postura não julgadora contribui para um ambiente de trabalho saudável é o caso de um membro do grupo que está enfrentando dificuldades para cumprir prazos ou atingir metas. Se você faz julgamentos precipitados, pode rotular essa pessoa como preguiçosa ou incompetente, minando sua confiança e motivação. No entanto, um líder curioso e não julgador vai querer entender as razões por trás desses desafios, seja uma sobrecarga de trabalho, questões pessoais ou a necessidade de treinamento adicional. Ao abordar a situação com empatia e oferecer o suporte necessário, você demonstra que valoriza o bem-estar e o desenvolvimento de cada membro da equipe.

Outro princípio muito importante da liderança é a comunicação clara e transparente. A maneira como você se comunica com sua equipe e a transparência que demonstra em suas ações têm um impacto profundo na confiança, no engajamento e no desempenho geral do grupo.

A comunicação é a base de qualquer relacionamento, e isso é especialmente verdadeiro na relação entre um líder e seus liderados. Seu papel é garantir que as informações sejam transmitidas de maneira clara, concisa e acessível a todos. Isso inclui não apenas as diretrizes e expectativas de trabalho, mas também a visão de objetivos e valores que norteiam o grupo.

Quando você se comunica de forma eficaz, você cria um ambiente onde todos se sentem ouvidos, valorizados e alinhados. As pessoas sabem o que se espera delas, entendem como é que o seu trabalho contribui para o brilho da equipe e se sentem motivadas a dar o seu melhor.

Além disso, a transparência é fundamental para fortalecer a confiança. Quando você é transparente em suas decisões, compartilha informações relevantes e admite abertamente quando comete erros, demonstra vulnerabilidade e autenticidade. Isso cria um ambiente onde as pessoas se sentem seguras para fazer o mesmo, levando a uma cultura de honestidade, estudo e crescimento contínuo.

A transparência também permite que sua equipe compreenda o contexto por trás das decisões tomadas e se sinta parte do processo. Quando as pessoas entendem o porquê por trás das ações e mudanças, elas são mais propensas a abraçá-las, comprometendo-se com a iniciativa.

Agora, você pode estar se perguntando: como posso aprimorar minha comunicação e transparência no dia a dia? Aqui estão algumas dicas práticas:

- Seja claro e conciso em suas mensagens, evitando jargões e terminologias complexas.
- Ouça ativamente, permitindo que cada membro da equipe expresse suas ideias e preocupações.
- Seja consistente em suas palavras e ações, cumprindo promessas e compromissos.
- Compartilhe regularmente informações sobre o progresso, desafios e acertos da equipe.
- Admita quando cometer erros e use-os como oportunidades de aprendizado e crescimento.
- Crie canais de comunicação abertos e acessíveis, encorajando o *feedback* e o diálogo contínuo.

Ao priorizar a comunicação clara e a transparência em sua liderança, você construirá uma equipe mais forte, engajada e confiante. Você criará um ambiente onde as pessoas se sentem valorizadas, informadas e empoderadas para alcançar resultados extraordinários.

Outro aspecto crucial da liderança — que é, muitas vezes, subestimado — é a gestão das emoções. Você enfrentará situações desafiadoras, momentos de pressão e interações complexas que podem despertar uma variedade de emoções, tanto em você como em seus liderados. A maneira como você lida com essas emoções pode ter um impacto significativo na tomada de decisões, no relacionamento com a equipe e no ambiente de trabalho como um todo.

As emoções são uma parte intrínseca da experiência humana e têm um papel importante na forma como percebemos e reagimos ao mundo ao nosso redor. No entanto, quando se trata de liderar, é essencial encontrar um equilíbrio entre reconhecer e validar as emoções e evitar que elas controlem nossas ações e decisões.

Quando as emoções estão à flor da pele, seja devido a estresse, frustração ou conflitos, é fácil reagir de maneira impulsiva ou irracional. Como líder, suas palavras e ações têm um peso maior e podem ter consequências duradouras na moral, na confiança e no desempenho da equipe. Portanto, é fundamental desenvolver a habilidade de gerenciar suas próprias emoções, especialmente em momentos de pressão.

Uma técnica eficaz para lidar com emoções intensas é a pausa consciente. Quando você se encontrar em uma situação emocionalmente carregada, respire fundo e processe seus sentimentos com calma. Esse momento permite que você ganhe clareza e coloque os acontecimentos em perspectiva, evitando reações impulsivas que prejudiquem sua liderança e seus relacionamentos.

Outra estratégia importante é a prática regular de técnicas de gerenciamento do estresse, como meditação, exercícios de respiração ou atividades físicas. Essas práticas ajudam a fortalecer sua resiliência emocional e aumentam sua capacidade de lidar com a pressão e de manter a calma em situações inquietantes.

Além de gerenciar suas próprias emoções, você também deve ser capaz de reconhecer e lidar com as emoções de sua equipe. Isso requer empatia, escuta ativa e a criação de um ambiente onde as pessoas se sintam seguras para expressar sentimentos e preocupações. Ao validar as emoções de seu time e oferecer suporte e orientação, você fortalece a confiança e o vínculo emocional, o que resulta em uma equipe mais engajada e comprometida.

O autocontrole emocional é uma marca de um líder maduro. Quando você demonstra a capacidade de manter a compostura sob pressão, de tomar decisões equilibradas e tratar os outros com respeito, independentemente das circunstâncias, você se torna um modelo positivo para seu grupo. Seu exemplo inspira os outros a também buscarem o equilíbrio emocional e a abordarem as aflições com persistência e profissionalismo.

Um dos princípios mais desafiadores e, ao mesmo tempo, mais transformadores da liderança é ter a coragem de assumir os próprios erros. Em um mundo onde a perfeição é frequentemente valorizada e a vulnerabilidade é vista como fraqueza, admitir um erro pode parecer contraintuitivo. No entanto, é justamente nesses momentos que a verdadeira liderança se revela.

Ter a humildade de reconhecer seus erros é demonstrar uma série de qualidades admiráveis: primeiro, você mostra que é humano e falível, assim como todos os outros. Isso cria uma conexão mais profunda e autêntica com a equipe, pois as pessoas podem se identificar com alguém que também enfrenta apuros e comete erros.

Além disso, ao assumir a responsabilidade por seus erros, um líder transmite uma mensagem poderosa de integridade e responsabilidade. Ele mostra que está disposto a enfrentar as consequências de suas ações e aprender com elas. Essa postura fortalece a confiança da equipe, pois todos saberão que seu superior não tentará encobrir nem culpar os outros por seus deslizes. E também cria um ambiente onde os membros se sentem seguros para assumir seus erros, a partir do exemplo de cima. Isso promove uma cultura onde os erros são vistos como oportunidades de expansão, em vez de motivos para punição ou vergonha.

Outro princípio fundamental é que a liderança se constrói e se fortalece nos momentos difíceis. Quando tudo está correndo bem, é fácil liderar, mas é nos tempos de crise que a liderança autêntica brilha.

As inquietações e as complexidades são parte integrante do processo e podem vir em muitas formas — desde obstáculos inesperados e contratempos até crises profundas, que ameaçam a própria existência da equipe ou da organização. É nesses momentos que um líder é chamado a agir com coragem, resiliência e sabedoria. Aquele que for sábio abraçará essas oportunidades, desejando entender as causas raízes dos problemas, explorando soluções criativas e adaptando-se às mudanças.

Ao encarar as adversidades, um líder desenvolve uma série de qualidades essenciais: a resiliência é fortalecida; a criatividade é estimulada (levando a soluções inovadoras e abordagens não convencionais); a empatia é aprimorada (pois o líder se conecta com as lutas e os desafios enfrentados por sua equipe). Além disso, as dificuldades também revelam a verdadeira essência de um líder, pois sua integridade, compaixão e determinação serão testadas. Um líder autêntico permanece fiel a seus valores e princípios, mesmo sob pressão — e inspira seu grupo a fazer o mesmo.

Na história militar, temos o exemplo notável do general George S. Patton, que liderou as tropas americanas durante a Segunda Guerra Mundial. Patton enfrentou oposições imensas, desde condições climáticas adversas até inimigos formidáveis. No entanto, ele liderou com coragem, determinação e uma habilidade estratégica excepcional. Sua liderança enérgica e decisiva inspirou os soldados a superar obstáculos aparentemente intransponíveis e alcançar vitórias cruciais. Ele é lembrado como um dos maiores líderes militares da história, graças à sua capacidade de liderar em tempos de crise.

No contexto brasileiro, destaca-se o exemplo do general Mascarenhas de Moraes, comandante da Força Expedicionária Brasileira (FEB) durante a Segunda Guerra Mundial. Mascarenhas de Moraes liderou as tropas brasileiras em batalhas árduas contra as forças alemãs, na Itália. Enfrentando condições adversas, escassez de recursos e perdas significativas, ele manteve a coesão e o moral de seus soldados.

Sua liderança serena, mas firme, foi fundamental para o êxito das operações da FEB e para elevar o nome do Brasil no cenário internacional. Mascarenhas de Moraes é um símbolo de liderança e patriotismo, demonstrando como se pode fazer a diferença em momentos de grande dificuldade.

Outros dois conceitos poderosos que quero compartilhar com você são: o efeito espelho e o efeito janela. Esses princípios, apresentados pelo renomado autor e estudioso de liderança Jim Collins, são fundamentais para você se tornar exemplar.

O efeito espelho refere-se à atitude de assumir a responsabilidade quando as coisas não vão bem. Quando enfrentamos desafios, contratempos ou fracassos, é tentador culpar as circunstâncias externas ou outras pessoas. No entanto, um verdadeiro líder olha no espelho e assume a responsabilidade por seus próprios erros e pelos resultados obtidos. Ele reconhece ser responsável por guiar a equipe e por tomar decisões que afetam o grupo positivamente.

Por outro lado, o efeito janela refere-se à atitude de um líder de dar crédito aos membros quando as coisas vão bem. Quando alcançamos nossos objetivos, ele aponta para a janela e reconhece as contribuições e os esforços de sua equipe. Ele entende que um bom resultado é fruto do trabalho árduo e da dedicação de todos os membros do grupo, e não apenas de suas próprias ações. Então, seja o primeiro a reconhecer e celebrar as contribuições de cada membro. Destaque os pontos fortes e as realizações individuais, e agradeça genuinamente pelo esforço e pela dedicação de todos. Ao dar crédito ao time, você cria um ambiente de valorização e reconhecimento, fortalecendo o engajamento de todos.

Aplicar esses conceitos na prática da liderança requer humildade, integridade e generosidade. Quando algo dá errado, em vez de apontar culpados, assuma a responsabilidade e concentre-se em encontrar soluções. Faça perguntas como: "O que eu poderia ter feito diferente?" ou "Como posso liderar melhor nessa situação?".

Chegamos ao cerne da questão, o princípio mais importante que quero compartilhar com você sobre liderança: trata-se do acrônimo CEO, que não deve ser confundido com Chief Executive Officer (diretor executivo), embora a semelhança seja proposital. Esse acrônimo, eu criei com base em toda a minha experiência. Ele representa os três pilares fundamentais de uma liderança eficaz: *Controle, Exemplo* e *Orientação*. Esses três elementos, quando aplicados de maneira consistente e equilibrada, formam a base para você se tornar um líder excepcional.

Controle envolve a habilidade de fiscalizar e monitorar o progresso em direção aos objetivos, garantindo que a equipe esteja no caminho certo e fazendo os ajustes necessários ao longo do percurso.

Um líder que exerce o *controle* de maneira equilibrada e assertiva é capaz de acompanhar de perto o desempenho de sua equipe, identificando possíveis desvios e aplicando medidas corretivas. Essa fiscalização constante permite detectar problemas em estágios iniciais, evitando que se tornem significativos para o projeto ou a organização. No entanto, é fundamental encontrar o equilíbrio certo ao fiscalizar o progresso do grupo. Uma fiscalização excessiva pode sufocar a criatividade e a autonomia dos liderados, enquanto uma fiscalização insuficiente pode levar a uma falta de direção e um resultado aquém do esperado.

Além da fiscalização, *controle* também está intimamente relacionado ao conhecimento e à expertise do líder. Quem possui um profundo domínio sobre sua área de atuação, sobre seu mercado e sobre sua equipe é capaz de tomar decisões mais embasadas, antecipando dúvidas, identificando oportunidades e traçando estratégias mais eficazes.

Em seguida, temos o *Exemplo*. Como líder, você é um modelo de conduta e inspiração para seus membros. Suas ações, seus comportamentos e suas atitudes são constantemente observados e seguidos por aqueles que você lidera. Portanto, é fundamental que seja o exemplo vivo dos valores, princípios e padrões que deseja ver em sua equipe. Se você espera que seus liderados sejam éticos, comprometidos e focados em resultados, deve ser o primeiro a demonstrar essas qualidades em seu dia a dia. Liderar pelo exemplo é a maneira mais poderosa de influenciar e inspirar os outros a darem o seu melhor e a se superarem continuamente. Suas ações falam mais alto do que suas palavras, e a forma como você conduz a si mesmo tem um impacto profundo na sua equipe. Demonstre integridade, respeito e comprometimento em todas as suas interações.

Por fim, temos a *Orientação*. Como líder, seu papel é guiar e desenvolver seu grupo rumo aos objetivos estabelecidos. Isso envolve fornecer direção clara, definir metas ousadas mas alcançáveis e oferecer o suporte e os recursos necessários para que seus membros possam crescer e se desenvolver. A orientação também implica ser um mentor, ajudando cada membro do time a identificar seus pontos fortes, superar desafios e alcançar seu pleno potencial. Um líder orientador é aquele que investe tempo e energia na evolução de sua equipe, criando um ambiente de alta performance.

Quando você aplica os princípios do CEO em sua liderança, cria uma base sólida e sustentável. Você estabelece um equilíbrio entre o controle necessário para manter o foco e a direção, o exemplo inspirador que motiva e engaja o grupo, e a orientação — que permite o progresso e o aprendizado contínuo de todos os envolvidos.

No entanto, é importante lembrar que nenhum chefe nasce pronto ou tem todas as respostas. É através da prática diária, do autoconhecimento e do aprimoramento que você se tornará um líder cada vez melhor. Esteja aberto a *feedbacks*, aprenda com seus erros e celebre suas conquistas. Seja autêntico, humilde e comprometido com seu próprio aprimoramento.

Além disso, esteja sempre aberto a aprender com os outros. A liderança é uma experiência compartilhada. Busque a mentoria dos mais experientes, aprenda com os sucessos e fracassos de outros e esteja disposto a ouvir e valorizar as perspectivas diversas da sua equipe. A sabedoria coletiva é uma fonte inesgotável de conhecimento e crescimento.

Por fim, quero deixar uma mensagem de encorajamento para você, filho. Acredite em seu potencial e em sua capacidade de fazer a diferença. A liderança não é um dom reservado a poucos, mas uma habilidade que pode ser desenvolvida e aprimorada ao longo do tempo. Lembre-se de que a liderança é um privilégio e uma responsabilidade. Ao assumir esse papel, você tem a chance de influenciar positivamente a vida das pessoas ao seu redor, da sua equipe e da sua organização. Aproveite essa oportunidade com paixão, dedicação e compromisso.

Filho, que você possa liderar com sabedoria, integridade e compaixão, deixando um rastro positivo por onde quer que passe.

Com todo o amor,
de pai para filho.

CARTA 11:

A resiliência

*Não reclame das dificuldades;
aja, encontre soluções e
persevere em seus objetivos.*

Meu querido filho,

Como pai e como militar, aprendi que a capacidade de me adaptar e superar adversidades é essencial para alcançar o sucesso e a felicidade.

A resiliência consiste justamente na habilidade de se recuperar de situações difíceis, aprender com os erros e seguir em frente. É a força interior que nos permite enfrentar as dificuldades, as frustrações e as decepções, sem desistir dos nossos sonhos e projetos.

A história que vou relatar envolve tanto a resiliência quanto a fé, por isso decidi mencioná-la em ambas as cartas, mas de formas distintas. Trata-se de como acabei ingressando no Exército.

Em 1995, quando eu estava na oitava série — e meu pai ainda era vivo —, eu estudava em um colégio particular em Bangu, no Rio de Janeiro, que minha família fazia milagres para conseguir pagar. Até meados desse ano, eu era um estudante medíocre, sempre passando de ano mas raspando, na média mínima. Na sétima série, cheguei a ficar de recuperação.

Porém, em maio desse ano, um amigo da escola me entregou um panfleto de um concurso para ingressar no Colégio Naval, que continha a prova de matemática do ano anterior. Ao olhar para aquele papel, um sentimento inexplicável de me tornar militar despertou em mim; algo que, até então, não passava pela minha cabeça. A prova de matemática naquele panfleto se tornou desafiadora, pois, apesar de ser minha matéria favorita, eu não conseguia resolver nem sequer uma questão.

Cheguei em casa e expus minha vontade para minha mãe. Mesmo com a situação financeira difícil, ela conseguiu pagar um curso intensivo preparatório para o concurso do Colégio Naval, e me comprometi a ser o melhor aluno. Já não havia mais tempo para a prova daquele ano, pois as inscrições haviam encerrado, mas me dediquei para o ano seguinte, aproveitando para fazer outros concursos como forma de preparação.

Fui aprovado em dois concursos federais disputadíssimos: o Centro Federal de Educação Tecnológica (CEFET) e a Escola Federal de Química. Como nossa situação era difícil e meus pais não poderiam sustentar mais um ano de escola particular e cursinho preparatório, decidi entrar no CEFET, no bairro Maracanã, e continuar fazendo cursinho preparatório em Bangu, onde morava.

Minha rotina em 1996 era acordar às 4h30 da madrugada para me arrumar e pegar dois ônibus, chegando ao CEFET às 7h, onde tinha aula até às 12h. Depois, pegava um trem até o centro de Bangu, para começar a aula do cursinho às 14h, com aulas até às 19h (às vezes, até às 22h). Esta era a rotina todos os dias da semana. Aos sábados, havia intensivo no cursinho das 8h às 12h. Tudo isso pelo sonho de ser aluno do Colégio Naval.

Finalmente, chegou o dia da primeira prova. A de matemática era eliminatória e classificatória, e somente quem acertasse metade das questões (o que era muito difícil) prosseguia para a próxima fase, com provas de português, redação, história, geografia, física e química. Felizmente, acertei treze delas e passei para a próxima fase, obtendo êxito também.

Minha felicidade ao receber o resultado da prova escrita era indescritível. Era a concretização de um sonho de me tornar oficial da Marinha e ser recompensado por todo o meu esforço. Para mim, estava garantido. Mal sabia que o pior estava por vir.

A próxima fase era o exame médico, e, se aprovado, realizaria o teste físico, a última prova para ingressar definitivamente no Colégio Naval. No entanto, foi no exame médico que acabei ficando. Fui diagnosticado com sopro no coração. Até hoje me lembro da agonia do médico com o estetoscópio, tentando escutar meu coração mais de três vezes, falando que havia algo estranho. Já havia passado por avaliações médicas diversas vezes na minha vida; praticava esporte desde criança — futebol, taekwondo — e nunca havia sentido nada.

Quando a informação chegou aos meus pais, a primeira preocupação foi saber o que realmente estava acontecendo. Procuramos cardiologistas para realizar mais exames e ter um diagnóstico mais preciso; afinal, doença no coração é sempre coisa séria, e eu tinha apenas quinze anos na época. O diagnóstico de sopro foi confirmado pelo cardiologista — um deslocamento da válvula mitral. Mas o médico nos deixou tranquilos, dizendo que não deveríamos nos preocupar com isso, que eu poderia fazer atividade física normalmente, como sempre fiz, e que provavelmente morreria *com isso*, e não *disso*.

Sendo assim, se eu poderia fazer qualquer atividade física, tentamos entrar com recurso na Marinha para que eu recebesse o "apto!", já que estava com o laudo de um cardiologista dizendo que não teria problema algum em realizar esforço físico. Infelizmente, não foi suficiente, e permaneci como inapto no exame médico do concurso.

Nesse momento, meu chão desabou. Pensei em todo o esforço que havia despendido, nas horas de lazer e de sono de que abri mão, no dinheiro suado que meus pais gastaram com o curso preparatório; tudo isso em vão. Era apenas um jovem de quinze anos já tendo que passar por essa frustração. Realmente não sabia o que fazer.

Foi então que recebi uma carta da minha tia, junto com uma fita K7, contendo a música "Tente outra vez", de Raul Seixas. Resolvi, então, tentar novamente.

Em 1997, estava eu me planejando para a Escola Preparatória de Cadetes do Ar (EPCAR). Dessa vez, não fiz curso preparatório, pois já tinha adquirido uma base forte de estudo no ano anterior. Agora era só adaptar o conteúdo, já que a didática e a vontade "com sangue nos olhos" eu já tinha.

Foi então que o destino me pregou mais uma peça: no meio da minha preparação, em julho, como você já sabe, perdi meu pai assassinado, vítima da violência do Rio de Janeiro. Sem chão, novamente. Havia perdido minha referência de vida. Não sabia o que fazer. Era a vida me testando mais uma vez. Algo de muito bom devia estar me aguardando, não era possível.

Parei de estudar todo o mês de julho para viver o luto, mas, em agosto, levantei a cabeça e voltei com tudo, pois a prova seria em setembro. E mais uma vez, com a graça de Deus, fui aprovado na prova escrita, seguindo para o exame médico. Dessa vez, como não poderia ser diferente, com o rigor do exame para ser piloto, o resultado foi pior que o da Marinha. Fiquei reprovado no coração, descobri que tinha 0,25 de miopia e ainda houve uma alteração no eletroencefalograma. Novamente, entrei com recurso, mas de nada adiantou. Fui reprovado no exame médico mais uma vez.

Depois de tudo isso, me faltava o Exército, a última tentativa para confirmar de vez que isso não era para mim e seguir em frente em outra carreira, com a consciência tranquila. Novamente sem cursinho, me preparei e fui aprovado na prova escrita. Seguia, então, para o exame médico e, de maneira milagrosa, fui aprovado. Parti para o teste físico e passei com facilidade. Agora, sim, havia de fato sido aprovado em todas as etapas do concurso militar e estava apto a iniciar a formação para ser oficial, agora do Exército Brasileiro. E hoje vejo que foi a melhor escolha para mim.

Como cadete, pratiquei atletismo, escolhi a arma de infantaria, considerada a mais combatente, e realizei diversos cursos operacionais, destacando-me em alguns, sem nunca sentir nada no coração. Mais para a frente, realizei novamente os exames do coração, e, de forma milagrosa e inexplicável, o sopro nunca mais foi diagnosticado.

Essa história, meu filho, reforça como a resiliência é importante na nossa vida, na realização dos nossos sonhos. Muitas vezes, vamos imaginar uma trilha de determinada forma, mas a vida vai nos mostrando que o nosso caminho é outro. O mais importante é nunca desistir e sempre explorar alternativas.

Quando enfrentei a reprovação no exame médico da Marinha e da Aeronáutica, poderia ter desistido e acreditado que não era para mim. No entanto, a resiliência me fez persistir e tentar mais uma vez, agora no Exército. E foi essa persistência que me levou a realizar meu sonho de me tornar um oficial.

Ao longo da vida, enfrentaremos diversos cenários árduos e restrições que parecerão intransponíveis; mas é nesses momentos que devemos nos apegar à resiliência e à fé. A resiliência nos dá a força para continuar lutando mesmo quando tudo parece perdido, enquanto a fé nos mantém esperançosos e confiantes de que, no final, tudo dará certo.

A resiliência é uma habilidade essencial para enfrentar os desafios e as incertezas da vida. No mundo em constante mudança em que vivemos, desenvolver a resiliência torna-se ainda mais crucial para o sucesso e bem-estar. Ser resiliente significa ser capaz de aprender com os erros e evoluir. Significa manter a motivação e o foco. A resiliência também contribui para o aumento da confiança e da autoestima, duas características fundamentais.

Mas como desenvolver a resiliência? O primeiro passo é aceitar que as adversidades fazem parte da vida. Ao mudar a sua perspectiva, você estará mais preparado para o enfrentamento, de forma positiva e construtiva. Aprenda a não reclamar das coisas, mas a agir e encontrar soluções. É natural sentir vontade de reclamar e lamentar nossa situação. No entanto, essa atitude não nos leva a lugar algum. Em vez disso, concentre sua energia em criar soluções criativas e eficazes para os problemas que enfrenta. Seja proativo, assuma a responsabilidade por suas ações e decisões e trabalhe incansavelmente para superar os obstáculos em seu caminho.

Outro aspecto importante é cultivar o autoconhecimento. Identifique suas forças e fraquezas para lidar melhor com as situações atribuladoras. Ao conhecer a si mesmo, você poderá trabalhar em seus pontos fracos e aproveitar seus pontos fortes para superar as dificuldades.

Estabelecer uma rede de apoio também é fundamental para desenvolver a resiliência. Tenha, ao seu lado, familiares, amigos e mentores que possam oferecer suporte emocional e orientação nos momentos difíceis. Compartilhar e aprender com a experiência de outras pessoas pode ser reconfortante e enriquecedor.

Pratique a gratidão e valorize os aprendizados ao longo da jornada. Celebrar cada vitória, por menor que seja, te ajudará a manter uma perspectiva positiva.

Por fim, desenvolva a flexibilidade e a capacidade de se adaptar às mudanças. O mundo está em constante transformação, e ser capaz de se adaptar rapidamente é uma habilidade valiosa.

Filho, quero que você saiba que estou ao seu lado em todos os momentos, pronto para oferecer meu apoio incondicional. Mantenha-se focado, aprenda com os erros e nunca desista dos seus sonhos. Enfrente os obstáculos com determinação e coragem, sabendo que estarei sempre torcendo por você.

Com todo o amor,
de pai para filho.

CARTA 12:

A fé

A fé é o alicerce inabalável sobre o qual construímos nossos sonhos e realizamos o extraordinário.

Meu querido filho,

A última carta não é menos importante e fala sobre a fé, um tema que considero essencial para encontrar paz, sabedoria e força para enfrentar os desafios da vida. A fé é um instrumento poderoso que nos permite moldar nossa realidade, pois, ao acreditarmos profundamente em nossos sonhos e desejos, criamos as condições necessárias para que eles se manifestem em nossas vidas.

Ela é a convicção em algo que não podemos ver nem comprovar empiricamente. É a crença em um plano maior, em uma força superior que guia e protege nossas vidas; e pode ser religiosa, espiritual ou simplesmente uma confiança profunda em si mesmo e no Universo.

Uma das lições mais importantes da fé é o perdão. Perdoar não significa esquecer ou negar a dor que sentimos. Significa libertar-nos do ressentimento e da amargura que nos aprisionam. Quando perdoamos, abrimos espaço para a cura e compaixão. Lembre-se sempre de que todos nós cometemos erros e merecemos uma segunda chance.

Outro aspecto relevante é ser um refúgio contra os sentimentos ruins que, por vezes, nos assombram, como o medo, a ansiedade e a tristeza. Quando nos entregamos à fé, encontramos consolo e esperança, mesmo nas situações mais difíceis; percebemos que nunca estamos verdadeiramente sozinhos. Permita que sua fé seja um bálsamo para a alma, trazendo-lhe serenidade.

Pratique sempre a gratidão, pois ela é uma expressão da fé. Quando somos gratos pelas bênçãos em nossas vidas, reconhecemos uma força maior agindo em nosso favor, nos guiando e protegendo. Pratique diariamente, agradecendo pelas pequenas e grandes coisas, e verá que sua fé se fortalecerá a cada dia.

Em um mundo repleto de combates e incertezas, a fé é a base que nos mantém firmes e resilientes diante das tempestades da vida. Ela é a luz que ilumina nosso caminho, mesmo nos momentos mais sombrios, e nos ajuda a encontrar sentido e propósito em nossa existência.

Quando enfrentamos adversidades, é fácil se sentir desencorajado e perder a esperança. No entanto, é nesses momentos que ela se torna mais valiosa, nos lembrando de que não estamos sozinhos e que há algo maior para cada desafio que enfrentamos.

A fé nos dá a força necessária para superar os obstáculos e emergir, mais fortes e sábios, do outro lado. Além disso, nos ensina a cultivar a esperança e a positividade, mesmo diante das situações mais difíceis. Quando acreditamos que tudo acontece por uma razão e que há um aprendizado valioso em cada experiência, somos capazes de encontrar a beleza nas pequenas coisas da vida. Essa atitude de esperança e positividade nos ajuda a atrair mais bênçãos.

A fé também nos ensina a importância da humildade. Quando reconhecemos que somos parte de algo muito maior do que nós mesmos e que todas as nossas conquistas e bênçãos são resultado da graça divina, desenvolvemos um senso de apreciação pela vida. Essa gratidão nos permite valorizar cada momento e cada pessoa, e nos vincula com a abundância e a generosidade do Universo.

A fé nos faz conectar com algo maior do que nós mesmos. Essa conexão nos traz paz, conforto e orientação e nos ajuda a encontrar nosso lugar no mundo. Cultivá-la é um compromisso diário de nutrir a relação com Deus.

Aqui estão algumas maneiras de cultivar a fé em sua vida:

1. Dedique tempo para a reflexão, a meditação e a oração. Reserve momentos de silêncio e introspecção para se conectar com sua espiritualidade. Nesses momentos, permita-se explorar as profundezas do seu ser e buscar a sabedoria e a orientação que residem dentro de você. Através da prática regular, você fortalecerá sua conexão com o divino e encontrará paz e clareza em meio às turbulências da vida.

2. Reconheça as bênçãos e as oportunidades que a vida lhe apresenta, por menores que possam parecer. Agradeça pelas pessoas que o amam, pelos desafios que o fazem crescer e pelas experiências que moldam seu caráter. A gratidão é uma expressão poderosa da fé, pois nos lembra de que estamos sempre amparados e guiados por uma força maior.

3. Seja um exemplo para os outros. Compartilhe sua esperança, sua positividade e sua compaixão com aqueles ao seu redor. Quando você irradia a luz da fé, inspira outros a encontrar sua própria conexão com Deus. Seja um farol de esperança em tempos de escuridão e um ombro amigo para aqueles que estão enfrentando batalhas. Através do seu exemplo, você pode tocar vidas e espalhar a mensagem da fé.

4. Participe de uma comunidade de fé onde possa encontrar apoio, orientação e aperfeiçoamento espiritual. Rodeie-se de pessoas que compartilham de seus valores e crenças e possam caminhar ao seu lado. Juntos vocês podem aprender, crescer e se fortalecer mutuamente. Uma comunidade de fé é um refúgio onde você pode encontrar compreensão, encorajamento e amor incondicional.

5. Confie em sua jornada e nos desígnios do Universo, mesmo quando não compreender completamente o porquê de cada desafio. Tudo acontece por uma razão, e cada experiência, por mais difícil que seja, traz uma oportunidade. Entregue-se à sabedoria do Universo e confie que você está exatamente onde deveria estar. Quando você abraça a fé, os caminhos se abrem e as respostas chegam no momento certo.

Ao longo da minha vida, tive o privilégio de vivenciar e testemunhar diversos momentos em que a fé desempenhou um papel fundamental. Um dos mais marcantes, como mencionei na carta anterior, foi o ingresso nas Forças Armadas. Realizei três concursos, mesmo sabendo, desde o primeiro, que enfrentava um problema de saúde. Você pode se perguntar por que persisti tanto, ciente de que, por mais que me esforçasse para ser aprovado na prova escrita, o exame médico me reprovaria. A verdade é que não consigo explicar racionalmente. Havia algo dentro de mim que me impulsionava a continuar até realizar meu sonho. Hoje compreendo que isso tinha um nome: fé.

Nesse contexto, lembro-me de um filme inspirador, *Homens de honra*, baseado na história real de Carl Brashear, interpretado brilhantemente por Cuba Gooding Jr. Filho de agricultores, Carl, um homem negro, decidiu se alistar na Marinha em 1948. Durante seu treinamento e carreira, enfrentou preconceito e discriminação racial. Apesar disso, em 1954 Brashear tornou-se o primeiro afro-americano a concluir a Escola de Mergulho e Salvamento da Marinha norte-americana. Anos mais tarde, em 1966, durante uma missão de resgate, sofreu um grave acidente que resultou na amputação de sua perna esquerda abaixo do joelho. Diante dessa adversidade, Carl poderia ter desistido. No entanto, recusou-se a ser dispensado da Marinha. Após uma árdua reabilitação, quase como um milagre, com uma prótese, retornou ao serviço ativo, tornando-se o primeiro mergulhador amputado da Marinha dos Estados Unidos. Brashear aposentou-se em 1979, após mais de trinta anos de dedicação.

E o que permitiu que Carl Brashear alcançasse esse feito extraordinário foi a fé. Todos os fatos e circunstâncias pareciam desfavoráveis, mas ele acreditou em algo superior, que tornou seu sonho possível.

Da mesma forma, aconteceu comigo. Teoricamente, eu não seria considerado apto no exame médico em nenhum concurso para as Forças Armadas. Porém, minha fé me impulsionou a continuar tentando e a não desistir do meu sonho. Hoje, após mais de 25 anos de serviço, posso testemunhar o poder transformador em minha própria vida.

Filho, que a fé seja seu alicerce. Nos momentos de incerteza, quando tudo parecer impossível, lembre-se de que ela tem o poder de mover montanhas e realizar o impossível.

Acredite em seus sonhos, persista diante dos desafios e confie que, com fé, você encontrará o caminho para alcançar seus objetivos.

Com todo o amor,
de pai para filho.

Além das palavras: vivendo o legado

Meu querido filho,

Ao longo dessas doze cartas, exploramos temas fundamentais para uma vida plena e significativa. Do autoconhecimento à fé, cada uma trouxe reflexões sobre como navegar pelos desafios que a vida nos apresenta. Agora, chegou o momento de reunir essas lições e transformá-las em um legado duradouro.

A jornada do autoconhecimento nos ensinou a importância de olhar para dentro de nós mesmos, identificar nossos valores, forças e fraquezas. Somente quando nos conhecemos verdadeiramente, podemos traçar um caminho autêntico e alinhado com nosso propósito. Aceitar desafios, sair da zona de conforto e abraçar o crescimento pessoal são passos essenciais.

O equilíbrio e a solidariedade nos lembram que não estamos sozinhos na caminhada. Precisamos cultivar relacionamentos saudáveis, contribuir para o bem-estar dos outros e encontrar harmonia entre as diversas áreas da vida. A humildade e a assertividade, por sua vez, nos ensinam a interagir com o mundo de forma respeitosa e confiante, defendendo nossos valores sem deixar de reconhecer nossas limitações.

A disciplina, o lazer e as finanças são pilares que sustentam uma vida equilibrada. Desenvolver hábitos consistentes, reservar tempo para atividades prazerosas e administrar bem os recursos financeiros são habilidades que nos permitem construir uma base sólida para realizar nossos sonhos. A liderança nos desafia a inspirar e influenciar positivamente àqueles ao nosso redor, enquanto a resiliência nos capacita a enfrentar adversidades — e aprender com elas.

A fé nos conecta com algo maior do que nós mesmos. Seja através da religião, da espiritualidade ou de um propósito elevado, nos dá força para perseverar e encontrar significado, mesmo nos momentos mais difíceis.

Pense no que deseja deixar para o mundo. Que impacto positivo você quer ter na vida das pessoas? Como você pode contribuir para tornar o mundo um lugar melhor? Deixe que essas perguntas guiem suas escolhas e ações diárias. É importante lembrar que todo ser humano tem a capacidade de transformar sua própria vida. Não importa o ponto de partida, sempre podemos escolher um novo caminho e criar a realidade que desejamos.

Ressalto também a importância de valorizarmos o presente. Conta-se que, certa vez, um jovem entregador realizou um serviço para o renomado físico Albert Einstein. Como ele não tinha dinheiro para dar gorjeta, como forma de agradecimento, Einstein entregou ao jovem um bilhete, dizendo que ali estava a fórmula da felicidade e que, se ele tivesse sorte, aquele bilhete, um dia, valeria muito mais que uma simples gorjeta. No bilhete, estava escrito: "Uma vida tranquila e modesta traz mais alegria do que a busca constante do sucesso combinada com uma agitação constante". Em 2017, esse bilhete foi leiloado por uma quantia milionária.

Essa história — e, principalmente, o conteúdo do bilhete — nos lembra que, apesar de ser importante pensar no futuro e planejar nossos objetivos, não podemos deixar de viver o presente. A felicidade não é um destino a ser alcançado, mas sim uma escolha que fazemos a cada momento. Esteja presente em sua vida, aprecie as pequenas coisas e valorize as conexões humanas. Afinal, de que adianta dominar o mundo inteiro se não tivermos tempo para desfrutar das alegrias simples da vida?

Agora, cabe a você, filho, transformar as lições em ações concretas. Reflita sobre cada tema abordado nas cartas e identifique áreas da sua vida que precisam de atenção e aprimoramento. Estabeleça metas claras e trace um plano para alcançá-las. Haverá momentos em que tudo parecerá estar dando errado e a vontade de desistir será grande. É justamente nesses momentos que você precisará reunir toda a sua força interior para se manter firme e seguir em frente, por mais difícil que possa parecer.

Lembre-se de que, após cada tempestade, o sol volta a brilhar. Cada dificuldade superada é um passo dado em direção ao seu sucesso. A resiliência é uma das características mais valiosas que você pode cultivar ao longo da vida.

Mantenha a fé em si mesmo e em seus sonhos. Não permita que as adversidades o façam duvidar de sua capacidade de vencer. Encare cada desafio como um motivo a mais para o seu fortalecimento. Cada pequena vitória no dia a dia é um passo dado em direção à realização dos seus objetivos. Celebre-as e permita-se sentir orgulho de si mesmo.

Nos momentos difíceis, busque apoio nas pessoas que o amam e acreditam em você. Compartilhe suas angústias e permita-se receber o suporte emocional necessário para seguir adiante. Você não está sozinho.

Mantenha o foco no seu plano e não se deixe abater. A persistência e a determinação serão suas grandes aliadas. Acredite em seu potencial e siga em frente, um passo de cada vez.

Filho, este não é o fim. É apenas o começo. Leve consigo esses princípios; se possível, passe para seus filhos. Mas não se limite a eles: questione, explore, descubra suas próprias verdades.

Não subestime o poder de suas escolhas e ações. Você tem o poder de criar um impacto duradouro no mundo, começando por si mesmo e irradiando para todos ao seu redor.

Portanto, viva além das palavras. Transforme esses ensinamentos em um legado vivo, que inspire e motive outros a trilharem o caminho da realização pessoal e do serviço ao próximo. "Seja a mudança que deseja ver no mundo", como disse Gandhi. Acima de tudo, nunca deixe de acreditar na sua capacidade de fazer a diferença.

O futuro está em suas mãos. Desfrute-o com coragem, sabedoria e amor. Viva uma vida extraordinária. Essa é a sua herança.

Você pode realizar coisas incríveis. Acredite em si mesmo, siga seu coração e nunca desista dos seus sonhos.

Lembre-se: você é o autor da sua própria história. Faça dela uma obra-prima.

Com todo o amor,
de pai para filho.

FONTE Adobe Garamond Pro
PAPEL Pólen Natural 80g/m²
IMPRESSÃO Paym